परमात्मा की मस्ती

प्रेम की धुन पर गाता और नाचता ये अद्भुत जीवन!

सुभाष गुप्ता

मालिक मैं तेरी हूं तेरी ही रहना चाहती हूं,
भटक गई रहा तेरी
मैं तुझसे मिलना चाहती हूं,
मैं तेरे बिना उदास हूं
अब हर पल तड़पती रहती हूं,
मालिक मैं तेरी हूं तेरी ही रहना चाहती हूं,
तेरी आवाज सुन
तेरी तरफ दौड़ चली आती हूं,
अब मैं फूट-फूट कर तेरी बाहों से लिपट खूब रोना
चाहती हूं,
अब इस जन्म में तुझसे मिलने की आशा जगी अब
तुझसे मिलना चाहती हूं,
मालिक मैं तेरी हूं तेरी ही रहना चाहती हूं।।।।

अनुक्रम

****

प्रस्तावना

****

यह पुस्तक उन सभी लोगों को समर्पित है जो अपनी मस्ती भूलकर परेशान रहते हैं।

आज हम परेशान हैं उसका मुख्य कारण है कि हम भूल ही गए हैं कि हम धरा पर क्यों आएं हैं, किताब में मैंने "मस्ती" शब्द का प्रयोग करके आनंद को दर्शाने की कोशिश करी है। हमारा जीवन बहुत छोटे तोर पर देखा जाए तो आनंद के लिए ही बना है। लेकिन उसे छोड बाकि सब कुछ हम करते हैं।

जब जब मैं प्रकर्ति के साथ एक होता हूं या कहीं पर प्रकृति के ज्यादा हरियाली दृश्य में बैठता हूं, तो देखता हूं इतना बड़ा ब्रहमांड क्या इतने बड़े ब्रहमांड में मेरा कुछ अस्तितत्व है। तो यही सोचते सोचते यह बुक लिखना मैंने शुरू किया।

इस बुक को पढ़ने के बाद आपके अंदर कुछ आए या ना आए आपकी चिंताए हटकर आपके अंदर एक अलग सी मस्ती जरूर आ जाएगी। क्योंकि इस पुस्तक में किसी धर्म की बाते नही होगी। उस एक की बाते होगी जिसको सब अलग कहते हैं।

राम, कृष्ण, मोहम्मद, क्राइस्ट, महावीर, बुध, ये सब नदी की तरह एक ही चीज़ समझा कर गए की आखिर में सभी नदियों को जाकर मिलना सागर में ही होता है। पर समाज के कुछ मूर्खों ने इन सबको अलग अलग कर दिया और सत्य को हमसे दूर रखा। लेकिन हम सबकी मस्ती की बात यंहा करेंगे जो आपको भी मिलनी चाहिए।

प्रस्तावना

हमारा जीवन सरल सहज और आनंद दायक होना चाहिए। अब वो कैसा होना चाहिए आगे हम इस पुस्तक में बात करेंगे, क्योंकि जीवन का रस आपकी सोच विचार पर है, अगर वो ही सोच विचार को बस हल्का सा समाज की ओर से हटाकर कर परमात्मा की खूबसूरती में लगा दिया जाए तो क्रांति घट सकती हैं। और वो क्रांति आपके जीवन को एक नया मोड़ देगी जहां महा सुख आपके जीवन में उतरेगा, आनन्द का झरना फूटेगा आपकी मनुष्यता सफल होगी।

अगर आपके जीवन में शान्ति नही है और आनन्द का सैलाब नही बेह रहा है तो समझना मनुष्य जीवन चूक रहा है, आप मनुष्य जीवन हार रहे हो। सुना है ना "कल हो न हो" तो आज अपने वर्तमान में उसकी खोज करते हैं, जिसकी खोज के बाद सारी खोजो का अंत हो जाता है। तो अब शुरू करते हैं इस पुस्तक को पढ़ना और आपके जीवन मे आनन्द की वर्षा हो इसके लिए आपको बहुत बहुत शुभकामनाए।

आपको यह पुस्तक पढ़कर या फिर हमको सुनकर कैसा लगा अपना अनुभव आप हमें बता सकते हैं। आपके जीवन में पुस्तक को पढ़ने के बाद और जीवन में पुस्तक को पढ़ने से पहले कैसे-कैसे दिनचर्या थे, यह सब आप हमसे साझा कर सकते हैं। पुस्तक को पढ़ने के बाद जो भी आपके जीवन में बदलाव आए जो भी आपके अनुभव हैं, वह आप हमसे साझा करे हमे अच्छा लगेगा।

हमसे संपर्क करने के लिए
subhashxgupta@gmail.com
prantsworld@gmail.com
9625055327, 9315430710

अध्याय 1

परमात्मा की मौज में मौज

****

एक छोटी सी कहानी और चर्चा शुरू करता हूं। चंदू अपनी पत्नी की कब्र पर बैठकर खूब फूट-फूट कर रो रहा था। तो गली मोहल्लों वालों ने देखा और उसके पास जाकर बोले कि चंदू तू अपनी पत्नी से इतना प्रेम करता है, हमें तो पता ही नहीं था।

चंदू बोला, ऐसा नहीं है। अरे यह पगली तो मुझे बहुत प्रेम करती थी। इसने जीवन भर मेरी खुशी के लिए न जाने क्या-क्या नहीं करा। कई उपवास करें। इसने मेरी खुशी के लिए बहुत उपाय करें। परंतु आज इसने मुझे सबसे बड़ी खुशी दी, इस कब्र में जाकर। तो इसके बलिदान पर रो रहा था।

तो कुछ-कुछ ऐसे लोग भी समाज में देखने को मिल जाते हैं। जो हमारे साथ हो रही हर घटना में अपना आनंद ढूंढ ही लेते हैं। ऐसे लोग बहुत कम देखने को मिलते हैं।

सबसे पहली चीज तो यह ध्यान में रख ले कि यहां पर जो भी हो रहा है, वह परमात्मा की इच्छा से हो रहा है। और फिर सवाल यह उठेगा कि परमात्मा की इच्छा से ही हो रहा है, तो गलत गलत चीज क्यों होती है।

असल में यह बुद्धि हमारी सोच है। उसके लिए कुछ गलत कुछ सही नहीं होता। उसके लिए ये सब, बस एक खेल है। गलत काम थोड़ा बुरा खेल है, जो नरक की तरफ ले जाता

है। और अच्छा काम थोड़ा अच्छा खेल है, जो स्वर्ग की ओर ले जाता है। लेकिन दोनों है, खेल ही। क्योंकि जिसने भी इस संसार को जाना, उसने इस संसार को खेल ही बताया। इसको खेल से ज्यादा लिया, कि चुके। तुम्हारे साथ जो भी हो उसको ध्यान से देखना, उस घटना में घुस मत जाना उलझ मत जाना।

अपने साथ हो रही हर घटना हर विषय जो भी हो रहा हो। उस हर एक पल का मजा लेना है, उसमें यह निर्णय नहीं करना है कि गलत हो रहा है या फिर अच्छा हो रहा है। क्योंकि सब उसकी मर्जी से हो रहा है। इसको ऐसे समझे कि जिसने बनाया संसार को, क्या उसके खिलाफ भी कुछ घट सकता है।

यहां पर कुछ ऐसा हो सकता है जो उसे पसंद ना हो। और अगर उसकी मर्जी के बिना भी यहां पर कुछ हो सकता है तो परमात्मा कैसा। इसलिए आपने कई संतो को यह कहते सुना होगा जो होता है उसकी मर्जी के बिना नहीं हो सकता।

कृष्ण तो गीता में कहते भी हैं कि मेरी मर्जी के बिना पत्ता भी नहीं हिलता। इसका अर्थ है वह कह रहे हैं कि यहां पर जो भी हो रहा है अच्छा या बुरा वह सब कुछ परमात्मा की मर्जी से हो रहा है। तो तुम उसमें, अपने आप को बीच में रखकर जो बिना फालतू का दुख प्रकट कर लेते हैं, उससे छुटकारा पालें।

क्योंकि नर्क और स्वर्ग कोई अलग से नहीं है कि बहुत ऊपर हो। तुम जैसा जीवन जी रहे हो तुम अपने आप ही अपनी हरकतों से ही नरक को पैदा कर लेते हो। तुम जरा

यहीं पर ही ध्यान लगा कर देखो। तुम्हारे हर निर्णय के बाद खुशी या गम कुछ फूटता है, तुम्हारे शरीर के भीतरी घट में।

जब तुम प्रेम से भरते हो ओर अपने आसपास देखते हो सारे फूल खिल रहे हैं। जब तुम सबसे अच्छे से बात करते हो किसी को कष्ट नहीं पहुंचते सबके प्रति प्रेम की दृष्टि से देखते हो। तो तुम अपने अंदर देखोगे की दया और करुणा का सागर तुम्हारे अंदर फूट रहा है वही स्वर्ग है। और फिर जो भी तुम्हारे आसपास होता है तुम्हारी स्थिति जो भी होती है जो भी अवस्था आती है और जीवन में जो भी आने वाला होता है या फिर अभी जैसे जी रहे हो वह सब कुछ स्वर्ग की भांति तुम्हें दिखाई पड़ेगा।

और जब तुम कोई गलत कार्य करते हो। अंदर से आवाज आ रही है, कि नहीं यह बुरा काम है फिर भी तुम बुरा करते हो और सब के साथ बेकार व्यवहार करना सबको कटु वचन बोलना।

और फिर तुम पाते हो कि तुम्हारे आसपास एक नरक जैसा संसार बन गया है। कोई तुमसे अच्छे से बात नहीं करता कोई तुम्हारा काम नहीं करता या फिर तुम जिस काम में हाथ डालते हो वह काम तुरंत बिगड़ जाता है।

तो अगर तुम ध्यानपूर्वक देखोगे तो स्वर्ग और नरक को तुम ही गढ़ रहे हो। तुम्हें अच्छी और बुरी स्थिति को सामान्य समझना है एकदम बराबर समझना है। जब फायदा हो जाए तो फूलना नहीं है और जब नुकसान हो जाए तो रोना नहीं है। और फिर बुद्ध कहते हैं कि अगर तुम दो स्थिति के बीच में ठहर गए, तो तुम उसकी मौज में मौज कर सकोगे।

इसका अर्थ है कि परमात्मा की मौज में मौज कर सकोगे। फिर तुम्हें चारों तरफ फूल खिलते नजर आएंगे। इसलिए हर चीज में रस लो, उसे भोगो मत और ना ही उसके अंदर पूरा डूब जाओ। बस जब जैसी स्थिति आए उसमें ठहरकर उसका आनंद ले लो और उसको जाने दो किसी भी चीज को पड़कर मत रखो।

जब अपनी शिकायत को जैसे-जैसे तुम कम करते जाओगे फिर तुम पाओगे कि परमात्मा तुम्हारे साथ हो गया है। फिर तुम जिस भी काम में हाथ डालोगे वह काम तुरंत ही अच्छे ढंग से हो जाएगा। क्योंकि हमारी शिकायत उससे हमें बहुत दूर ले जाती है। क्योंकि शिकायत करें किसकी क्योंकि जो भी हो रहा है उसकी मर्जी से हो रहा है तुम्हारे साथ गलत या सही कुछ भी हुआ है, वह उसकी मर्जी है।

ऐसा करने से होगा इतना कि तुम जो परेशानी लेते हो। वह परेशानी सुन्य पर आ जाएगी। फिर तुम मस्त रहने लग जाओगे। जो भी होगा हर कार्य में आनंद लेने लग जाओगे। फिर तुम पाओगे कि तुम्हारे साथ तो कुछ गलत हो ही नहीं रहा है, ना ही सही हो रहा है बस एक फिल्म चल रही है जो मुझे देखनी है और देख कर अंत में यहां से चले जाना है।

इसलिए मस्ती में डुबो प्रेम में उतरो भजन की शुरुआत करो प्रार्थना में लीन हो जाओ। क्योंकि तुम्हारा आनन्द होश मे रहने से ही उस विराट का अनुभव तुम कर सकोगे। और उस विराट के साथ एक हो सकोगे।

जैसे अपने घर की छत के ऊपर जाने से पूरा संसार एकदम दिखाई देता है। वैसे ही उस विराट के साथ एक होने से पूरा ब्रह्मांड दिखाई देता है। लेकिन हम छोटी-मोटी

स्थितियों में फंसे हुए हैं। छोटा-मोटा कुछ भी हमारे साथ हो जाता है उसका बोझ लेकर हम अपने सर पर पूरे दिन घूमते रहते हैं।

एक व्यक्ति बहुत परेशान था, बहुत दुखी दुखी रहता था तो उसे किसी ने पूछा कि भाई तुम परेशान क्यों हो। उसने बोला कि मेरा 6 लाख का नुकसान हो गया है इसलिए मैं परेशान हूं। तो उसकी पत्नि से पुछा गया की यह इतने परेशान क्यों है।

तो पत्नी बोली अरे कुछ नहीं मुझे तो समझ ही नहीं आता कि यह परेशान क्यों है। फायदे के लिए परेशान है या फिर नुकसान के लिए परेशान है। बस कुछ नहीं इन्होंने कुछ काम शुरू करा था। और 10 लाख कमाने का सोचा था। और उसमें से चार लाख का ही फायदा करा है, और 6 लाख का फायदा नहीं हुआ। तो उसे अपना नुकसान समझ रहे हैं।

तो अब बताओ इन्हें कौन समझाए कि इनका फायदा हुआ है या फिर नुकसान। इसलिए हम बेकार की बातों में उलझे हैं जिसे हम अपने परेशान होने के कारण बता रहे हैं। क्योंकि अगर आप अपनी हर परेशान होने वाली घटना के कारण को ध्यान से देखें तो, वह कारण कुछ होता ही नहीं है। आप अपने जीवन में पीछे मुड़कर देख लो पता चल जाएगा।

इसलिए "कबीर कहते हैं *होनी होय सो होय*"

इसका अर्थ है कबीर कह रहे हैं। जो होता है उसे होने दो तुम अपने में स्थित रहो। और जब तुम अपने स्वरूप में रहोगे तो होनी कुछ भी हो उससे तुम्हें कोई भी मतलब नहीं

होगा। ओर तुम उस होनी का आनंद ले सकोगे। इसलिए
"होनी होय सो होय"

तुम तो बस मजा लो। अपने घर जाओ माता-पिता अगर कुछ बोल रहे हैं। पत्नी कुछ बोल रही है। उसको ध्यान से सुनो, उसको ध्यान से सुनने में तुम पाओगे कि जो बोला जा रहा है वह तुम्हारे लिए तो है ही नहीं, जो सामने वाले को शरीर दिखाई दे रहा है वह उसको बोले जा रहा है।

लेकिन हम यहां पर उल्टा ही करे जा रहे हैं। कोई एक गाली बक दे तो हम उसको बदले में दस गलियां सुना देते है। बिल्कुल मूर्छित अवस्था ना ही अपना होश है ना ही सामने वाले का होश है और ना ही जो बीच में क्रिया हो रही है उसका होश है बस किए चले जा रहे हैं।

अगर परमात्मा की मौज में मौज लेनी है तो तुमको ध्यान में उतरना होगा ज्ञान की गंगा में तुम्हें डुबकी लगानी होगी। और मैं ज्ञान की बात कर रहा हूं तो इसका अर्थ में किताबि ज्ञान की बात नहीं कर रहा हूं। मैं बात कर रहा हूं तुम्हारे भीतरी ज्ञान की जो अंदर से प्रकट होता है बाहर के किसी के बोलने से, प्रवचन सुनने से, या फिर किताब से नहीं होता।

लेकिन जो असल में ज्ञान है वह आपके भीतर की शक्ति से उत्पन्न होगा और वह ज्ञान अमर है। वह ज्ञान है सही और गलत की पहचान करना। ध्यान रखना बिना ज्ञान के जो हम सही गलत का फैसला करते हैं वह केवल भ्रम पैदा कर सकता है। क्योंकि हमारे कुछ सही गलत करने पर हमको ही संतुष्टि ना लगे तो, समझना कि अभी हम कहीं भी नहीं पहुंचे हैं।

इसलिए अब ध्यान में डुबो। ध्यान में उतरने से ही तुम्हें वह अमृत ज्ञान मिलेगा। जिससे तुम पक्षियों को गाता देख पाओगे। वृक्षों को नाचता देख पाओगे। कोयल का गीत सुन पाओगे। भगवान की प्यारी माया को देख पाओगे। और यह रस से भरी हुई सारी प्रकृति को तुम बड़े ही आनंदपूर्वक देख पाओगे। और फिर जब कोई तुम्हें कुछ कहेगा तो तुम उसका भी आनंद लोगे, चाहे वह गाली ही क्यों ना हो तुम उस गाली को फूल बना दोगे। इतना सामर्थवान तुम बन जाओगे।

एक छोटी कहानी और अपने विषय की चर्चा समाप्त करता हूं, "यह कहानी तो तुमने सुनी हीं होगी की बुद्ध एक गांव मैं भिक्षा मांगने जा रहे थे तो उनको गांव के द्वार पर ही रोक लिया गया। द्वार पर रोक कर खूब अपमान भरी बातें उनको बोली गई।

उनको हर प्रकार की गालियां दी गई जो मैं यहां पर नहीं बोल सकता। इसका अर्थ है की गालियां बहुत ही खराब शब्दो में थी। तो इतना अपमान होने के बाद, कुछ 10 - 15 मिनट के बाद बुद्ध हल्की सी मुस्कान भरे शब्दों में बोले। कि आपका हो गया हो तो मैं चलू यहां से।

उनके शिष्य यह देखकर बड़े चौंके जब अपनी कुटिया में वापस पहुंचे तो आनंद नाम का उनका शिष्य था उसने पूछा भगवान मुझे एक बात समझ नहीं आ रही है। उन्होंने आपको खूब कटु वचन कहें। और मैं आपके चेहरे पर जरा भी उनकी गलियों के प्रति कुछ भी आहट न देखी, और भगवान आप वहां से कुछ बोले बिना हीं चले गए और आप मुस्कुरा भी रहे थे। इसका राज क्या है महात्मा मुझे बताने की कृपा करें।

महात्मा बुद्ध बोले तुम किसी को अपने परिजनों को उपहार भेजोगे और वह उसको ना लें तो उस उपहार का क्या होगा, आनंद बोला कि वह उपहार वापस मेरे पास आ जाएगा। ताबूत बोले ठीक उसी तरह मैंने उनकी गलियों को स्वीकार ही नहीं करा तो अब बताओ वह गलियां कहां जाएंगी। वापस उनके पास जाकर उनको ही वह गलियां जलाएंगी। और आनंद जिसके पास जो होता है वह वही देता है। जिसके पास फल है वह फल ही देगा जिसके पास गंद है वह गंद ही देगा।

लेकिन उसके फूल और उसके कांटे वह उसके ही हैं और तुम अपने मालिक हो तुम उसको ग्रहण करो या ना करो वह तुम्हारी मर्जी। इतना बोल महात्मा बुद्ध शांत हुए आनंद को उत्तर मिला। और एक संतुष्टि भरी मुस्कान से महात्मा बुद्ध अपने अगले पड़ाव की और चल पड़े।

ठीक ही कहा उन्होंने की जिसके पास जो है वह वही देगा। लेकिन तुम अपने घट के मालिक हो तुम चाहो तो उस घट को कचरे से भर दो, चाहो तो उस घट को परमात्मा की खुशबू से भर दो और तुम चाहो तो उसको कांटों से भर दो वह सब कुछ तुम्हारा। इसलिए आनंद से जियो होश में जियो ध्यान में डुबो और परमात्मा की मौज में मौज करो।

।। धन्यवाद ।।

अध्याय 2

आओ शराब पिए

****

एक कहानी सुनाता हूं और उसके बाद विषय की चर्चा शुरू करता हूं।

चंदू आज बहुत शराब पिए हुए घर लौट रहा था उसने शराब इतनी पी रखी थी कि वह जमा डॉल हो रखा था। कभी दाएं गिरे कभी बाएं गिरे गुनगुनाते हुए चल रहा था। "मैं मस्त हूं मुझे मस्त ही रहने दो, थोड़ी तुम भी पियो और थोड़ी मुझे भी पी लेन दो, मैं मस्त हूं मुझे मस्त ही रहने दो"।

तो चंदू देर रात घर गुनगुनाता लड़खड़ाता जैसे-तैसे घर पहुंचा तो घर की चाबी निकाली और ताला खोलने लगा, बहुत कोशिश करें लेकिन ताला खुलने को राजी ही नहीं होता। बगल में हवलदार जा रहा था उसने बोला चंदू तू बहुत पिए हुए हैं ला चाबी मैं ताला खोल दूं, तेरे से ताला नहीं खुलेगा। चंदू बोला नहीं में ही खोलूंगा अगर तुझे मेरी मदद करनी ही है, तो एक काम कर इस घर को पकड़ कर रख यह बहुत इधर-उधर हिल रहा है। मैं ताले में चाबी लगा रहा हूं लगी ही नहीं रही ये घर इधर-उधर बहुत लड़खड़ा रहा है। समझे?

तो करीब करीब यही हालत हो रखी है हमारी, लेकिन जिस शराब की बात इस कहानी में हो रही है मैं उस शराब

की बात नहीं कर रहा हूं। शराब ऐसी जो पीने के बाद कभी उतरे ही नहीं क्योंकि संसार की शराब तो ऐसी है कि हम रात को पीते हैं और वह सुबह उतर जाती है।

इसलिए यह नशा तो हो गया दो कौड़ी का। जिससे हमें कुछ समय के लिए सुख तो मिल सकता है लेकिन लंबे समय के लिए या फिर अनंत समय के लिए हमें आनंद नहीं मिल सकता। इसको लेकर मेरे को एक गीत याद आ रहा है उसको देख कर आपको कुछ-कुछ समझ आएगा।

गीत...

"की जाम पर जाम पीने से क्या फायदा
जो रात को पी सुबह उतर जाएगी,
मैं कहता प्रभु के नाम का नशा कर
तेरी जिंदगी नशे में गुजर जाएगी,
तेरी जिंदगी नशे में गुजर जाएगी"

तो नशा हो प्रभु के नाम का, प्रभु के सुमिरन का, प्रभु की आहट का, और प्रभु से मिलने की तड़प हो, और वह तड़प इतनी बढ़ जाए इतनी बढ़ जाए कि पक्षी गाने लगे, मीरा नाचने लगे। प्रभु को लेकर प्राचीन काल से काफी लोगों ने बहुत-बहुत कुछ कहा।

जो महान संत हुए जो सच्चे संत हुए उन्होंने अपने शास्त्रों में अपने लिखे ग्रंथ में, प्रभु के बारे में बहुत कुछ बताने के लिए बहुत प्रयास किया। उन्होंने वह बताने की कोशिश करी जो बताया नहीं जा सकता वह कहने की कोशिश करी जो कहा नहीं जा सकता।

पहले तो सवाल यही आता है कि हम प्रभु को जाने क्यों प्रभु का सुमिरन करें क्यों? देखो यह जिज्ञासा है। यह जिज्ञासा है कि मैं कौन हूं और अगर मैं हूं तो मुझे किसी ने तो बनाया ही होगा और अगर मुझे किसी ने बनाया है तो फिर उसको किसने बनाया है। ऐसे अगर आप सवालों के बीच में जाओगे तो काफी उलझन में पड़ जाओगे।

क्योंकि हर सवाल के उत्तर के अंदर एक सवाल पैदा हो जाता है। लेकिन प्रभु जिज्ञासा का विषय है। और तुम जान के हैरान हो जाओगे की, जैसे ही तुम्हारे अंदर जिज्ञासा उठी वैसे ही तुम्हारा नशा उस दिन से ही शुरू हो जाएगा। क्योंकि प्रभु एक शराब है। जिसके लिए तुम्हें कोई धन इकट्ठा नहीं करना पड़ता। जिसको खरीदने के लिए तुम्हें कोई पद प्रतिष्ठा या मान सम्मान अपमान कुछ चाहिए नहीं होता। बस जिज्ञासा चाहिए होती है कि मुझे प्रभु को जानना है मुझे उसको जानना है जिसने संसार को रचा और यह हरियाली यह पशु पक्षीया इतनी विशालकाय ब्रह्मांड असल में है क्या, और कहां से उत्पन्न हुआ, कैसे हुआ और इस पूरे ब्रह्मांड में मेरी जगह कहां है?

यह जिज्ञासा शुरू होगी आपकी मोन से आप विश्वास मानो आपके मोन में इतनी समर्थ है कि आपकी जिंदगी एक नशे में गुजर सकती है। मैं उस नशे की बात कर रहा हूं जहां पर सारे दुख समाप्त हो जाते हैं सारे कष्ट समाप्त हो जाते हैं।

मैं नशे शब्द का प्रयोग इसलिए कर रहा हूं क्योंकि नशा शब्द आपको दर्शाता है की सारी चीज जहां पर गुप्त हो जाती हैं लुप्त हो जाती हैं। वहां आपको आप दिखाई देंगे। अभी आप जिस चीज के पीछे भागते हैं वह माया आपको भगाती है।

क्योंकि माया का काम है आपको सुख दिखाना और सुख के दर्शन कराना, सुख देना नहीं सुख के सिर्फ दर्शन करवाना इस पर ध्यान देना थोड़ा सा। माया का काम है सुख दिखा कर दुख हाथ में रखना।

तुम जरा थोड़ा ध्यान देना जब भी तुम्हें कहीं सुख दिखाई दे रहा हो, उसे गौर से देखना इस वस्तु के अंदर इस चीज के अंदर जहां पर आपको सुख दिखाई दे रहा है, उसके पीछे दुख आपकी प्रतीक्षा कर रहा होगा।

जब आप सुख दिखने वाली वस्तु के अंदर काफी ध्यान से और काफी गौर से देखेंगे तब आपको दुख के दर्शन ऑटोमेटेकली हो जाएंगे। और जब आप माया को पकड़ लेंगे। और फिर आपको याद आएंगे प्रभु, की प्रभु यह सब क्या है इन सब चीजों के लिए तो मैं बना ही नहीं हूं। तो प्रभु मैं क्या करूं "कुछ तो बता" तब आपकी मौन अवस्था शुरू होगी।

और बुध तो अपने प्रवचनों में यहां तक कहते हैं कि, जिस दिन समझ आ जाए कि सारा संसार दुःख में है। उसी दिन दुख समाप्त हो जाता है। अब यह बात आप थोड़ा समझना की दुख पर ध्यान दिया कि दुख हट जाएगा।

और जब धीरे-धीरे हर जगह से आप खाली होते चले जाएंगे कहीं भी कोई सी भी हल्की सी भी आकांक्षा आपके अंदर नहीं रहेगी। और उसी अवस्था में आनंद का झरना फूटेगा, और एक वही अवस्था होगी जो आपको सभी दुखों से पार ले जाएगी।

एक बार ओसो ने कहा था असल में जैसे ही कोई इंसान अपना बोझ परमात्मा पर छोड़ देता है। अपना सारा

काम सारा कार्य प्रभु को समर्पित कर देता है। जैसा है वैसा प्रभु सब तेरा। उसका बोझ परमात्मा उठाने को तैयार हो जाता है। लेकिन जो पूरे दिन मेरा मेरा मेरा, मेरी टेंशन, मेरा दुख, मेरा सुख, जो इसमें लगा रहता है पूरा ब्रह्मांड पूरा अस्तित्व उससे मुंह मोड़ लेता है।

फिर वह इस जगत के अंदर पूरे ब्रह्मांड के अंदर एक अलग सा बनकर रहता है। जहां उसको सारे लोग शत्रु की भांति रखते हैं। हर जगह दुखी दुख लगता है, और उसको लगता है कि अब तो मैं अकेला हो गया हूं। मेरा तो ना परमात्मा है, ना कोई इंसान है, ना संसार वासी है, वह पूरा इरिटेट हो जाता है।

फिर वह जो भी काम करता है वह गलत होता चला जाता है। और उसके जीवन में कभी भी संतुष्टि नहीं आती। उसको जो भी मिलता है वह उसको कम ही लगता है। माया के बंधनो में वह इतना गिर जाता है कि अपना मनुष्य जीवन हार जाता है और पूरे जीवन टेंशन समस्याओं में उलझा हुआ ऐसे व्यतीत करके और यूं ही मर जाता है।

इसलिए समर्पण में बहुत ताकत है कि आप बस कह दो कि...

प्रभु सब तेरा रावण भी तेरा राम भी तेरा,
प्रभु गलत भी तेरा सही भी तेरा,
और प्रभु जन्म भी तेरा मरण भी तेरा
संसार भी तेरा,
प्रभु मुझे पता है सब कुछ तुझसे ही आया है,
और तुझ में ही चला जाएगा।
मैं ना जाने क्यों भटक रहा हूं,

और अपनी ही माया के जाल में
अटक रहा हूं।
इसलिए प्रभु मैं भी तेरा माया भी तेरी।।।

आप विश्वास नहीं मानोगे जब रोम रोम में आपके यह शमा आएगा। की सब तेरा तो आप मानोगे नहीं की कितना बड़ा बोझ आपके हृदय से यूं ही हट जाएगा।

और जब आप बाहर समाज में निकलते है, तो आपने देखा होगा हमारी नजरे आसपास में काफी गहराई से भटकती हैं। कि मैं इसको भी देख लूं, उसको भी देख लूं कुछ नया देख लूं लेकिन हाथ कुछ आता नहीं। जब वापस शाम को घर लौटते हैं तो देखते हैं की हाथ खाली होते है। लेकिन जीवन आपको आनंद का अवसर दे रहा है अब आप सब कुछ समर्पित करके एक ऐसे बन के रहो जैसे आप हो ही नहीं। एक छोटी सी कहानी और इस विषय की चर्चा समाप्त करूं।

एक प्राचीन काल में सम्राट हुआ करता था उसको कहीं से पता चल गया कि मेरे अंदर बहुत अहंकार हैं। उसको अचानक लगा कि मुझे हल्का होना है। उसको अपने अहंकार का अनुभव हुआ, यह बहुत बड़ी बात है आपको भी होना चाहिए।

अब उसको लगा कि अगर मैं अपने अहंकार को मिटा लूंगा तो काफी हल्का हो जाऊंगा लेकिन पूरे गांव में ऐसा कोई भी नहीं था जो उसके अहंकार को मिटा सके। तो उसको पता चला कि कुछ मिल दूरी पर एक गांव है वहां पर एक फकीर रहता है। और उस फकीर के बारे में उसने बहुत चर्चा सुनी थी। उस फकीर के बारे में उसने सुना था कि

उस फकीर ने काफी सम्राटों और काफी लोगों की जिंदगी में सुधार करा है और हर प्रश्न का उत्तर उसके पास होता है। तो सम्राट ने उसके पास जाने का तय करा है।

सम्राट अगले ही दिन अपने घोड़े हाथियों के साथ उस फकीर के गांव में भटकता भटकता पूछता पूछता न जाने कितनी ठोकरे खाता उस गांव तक पहुंचा जहां वह फकीर रहता था। और कुछ दिनों के भीतर ही पूछता पूछता उस फकीर के आश्रम तक भी पहुंच जाता है।

आश्रम पहुँचने के बाद उसने अपने सारे सैनिकों को बोला कि तुम यहां से लौट जाओ यहां सिर्फ मैं ही रहूंगा घोड़े हाथी सब ले जाओ। अंदर गया आश्रम में तो देखा एक बुजुर्ग ऐसे ही जमीन पर लेट कुछ सोच में व्यस्त था। सम्राट ने आवाज लगाई की सुनो मैं दूर गांव से आया हूं तुमसे मिलने, सामने से कुछ उत्तर आता ना दिखाई दिया सम्राट ने फिर आवाज लगाई की सुनो मैं दूर गांव से आया हूं तुमसे मिलने।

फकीर ने अचानक तेज भरी नजरों से सम्राट की ओर देखा और कहा तुम कौन और यहां क्या करने आए हो। सम्राट ने कहां प्रभु मैं अपने अहंकार से काफी परेशान हूं और मैंने सुना है कि मेरे प्रश्न का उत्तर पूरे गांव में और हर गांव में केवल आप ही दे सकते हैं। तो महात्मा मुझ पर कृपा करें और मुझे अहंकार को मिटाने की विधि बताएं ।

फकीर का कोई उत्तर नहीं आया फकीर शांत रहा और अपने काम में लग गया। फकीर अपने आश्रम में झाड़ू मारने लगा। सम्राट ने बीच में टोकते हुए कहा, मैं तुम्हारे लिए इतनी दूर से आया हूं और तुमने अभी तक उत्तर नहीं दिया। फकीर का कोई उत्तर नहीं आया फकीर अपने काम में लगा

रहा। फकीर आश्रम से बाहर जाकर कुछ गड्ढा खोदने लगा, सम्राट ने फिर टोकते हुए कहा कि सुनो तुम मुझे उत्तर क्यों नहीं दे रहे हो।

अब सम्राट को भी पछतावा होने लगा कि मैं भी किस मूर्ख के पास आ गया हूं क्या इसको कुछ पता भी है या मैं ऐसे ही कुछ गलत तो नहीं सुन लिया इसके बारे में। सम्राट ने फिर टोक की सुनो अचानक फकीर ने बोला, कि बोलो क्या बात है। सम्राट बोला कि तुम उत्तर क्यों नहीं दे रहे हो।

फकीर बोला कि तुम्हें क्या दिखाई दे रहा है। सम्राट बोला कि यही कि तुम कोई गड्ढा खोद रहे हो। फकीर बोला नहीं, गड्ढा खोद रहा हूं नहीं, गड्ढा खुद रहा है। सम्राट को समझ नहीं आया। नहीं महात्मा आप गड्ढा खोद रहे हैं तभी तो गड्ढा खुद रहा है। नहीं गड्ढा खुद रहा है। अचानक सम्राट बोला तो मैं क्या करूं तू अभी क्या कर रहा है। मैं तुम्हें खोदता हुआ देख रहा हूं। तो फिर देखना बन जा।

सम्राट बोला तुम पागल हो गए हो। फकीर बोला तो होना हो जा। सम्राट बोला मैं यहां से जा रहा हूं। फकीर बोला तो चलना हो जा। सम्राट बोला मैं बहुत दुखी हूं। फिर फकीर बोला तो दुख हो जा। अब थोड़ा-थोड़ा सम्राट को समझ आने लगा। तब फकीर बोला अपने इतने बड़े "मैं" को हटा की तू कुछ कर रहा है। सब कुछ होने में बह जा।

जो होता है उसे होने का आनंद ले उस होने के अंदर से अपने को हटा दे। इसलिए तू दृष्टि हो जा सिर्फ होने वाली घटनाओं को देख उसको अपना मत समझ। तेरा में भाव, तेरा अहम भाव, तेरा अहंकार तत्क्षण गिर जाएगा। कर्ता को

हटा देखने में लग जा। इतना सुनकर सम्राट मौन अवस्था होकर वहां से चला गया।

यह कहानी असल में हमारे लिए ही है, की आओ परमात्मा की शराब पिए प्रमात्मा की मस्ती में नाचे - गाए और परमात्मा की मौज में मौज मनाये।

।। धनयवाद।।

अध्याय 3

जो होगा देखा जाएगा

****

एक छोटी कहानी से चर्चा को शुरू करना चाहूंगा, आज पप्पू फिर से बहुत पिए हुए था, इतना पिए हुए था कि उसको रात में भी सूरज दिखाई पड़ रहा था। घर जा रहा था बीच में ख्याल आया कि अभी वह जगी होगी और कहेगी कि आज फिर पीके आ गए और फिर मारेगी।

फिर तत्क्षण एक ख्याल ओर आया की पप्पू तू किसी से डरता नहीं चल घर और "जो होगा देखा जाएगा" इतना विचार करके लड़खड़ाता जैसे तैसे घर पहुंचा। लेकिन जैसे-जैसे घर के करीब पहुंचे उसका डर बढ़ता चले जाए, धीरे-धीरे पैरों से घर में घुसा और चुपके से बाथरूम में चला गया। उसके शरीर पर भी काफी चोटे आ रही थी क्योंकि शराब पी के इधर-उधर गिरते गिरते वह घर पहुंचा था उसने सोचा कि कुछ इंतजाम कर लूं कुछ उपाय कर लूं कि वह बोले तो उसको बता दूंगा कि मैंने आज पी नहीं है। तो उसने मरहम पट्टी दवाई काफी उपाय कर कमरे में गया।

तो पत्नी ने उसे देखकर तुरंत पूछा, रात को देर से आए हो तुमने फिर पी रखी है। उसने कहा कि तू पागल हो रही है मैंने नहीं पी रखी है। आ तुझे सबूत दिखाता हूं, अपने बाथरूम में ले गया उसने दिखाया कि देख यह मरहम पट्टी यह उपाय अगर मैंने पी होती तो यह मरहम पट्टी कैसे करता मैं।

तो वह पत्नी से और पिटा... अब आप सोच रहे होंगे की इतना सब करने के बाद भी उसे मार क्यों पड़ी, क्योंकि वह उपाय वह मरहम पट्टी उसने सामने लगे शीशे (आईने) को कर रखी थी।

तो यह तो नहीं बच पाया लेकिन आपको बचना है। किससे बचना है। बचना है ना दिखने वाले डर से, बचना है ना होने वाले कार्य हमारे बेकार के सोचने से।

क्योंकि यह मन हर पल हमें डराता है कि ऐसा होगा तो ऐसा हो जाएगा ऐसा नहीं हुआ तो ऐसा होगा। इसलिए जो होगा देखा जाएगा का यही है कि अपने अंदर निडरता लेकर आनी है। और निडरता आएगी आपके स्वयं के होने से, स्वयं के होने से क्या मतलब है? अब आप बड़े सोच में पड़ेंगे। इसका अर्थ ऐसे लगाओ कि जब चोर चोरी करता है। और मालिक के आने से चोर तुरंत भाग जाता है, इस प्रकार मालिक हो आप और यह चोर और नौकर है आपका मन जो आपको आपके ही शरीर से उलझा के रख रहा है।

यह जैसा कहता है आप तुरंत मान लेते हैं, यह जैसा दिखाता है आप तुरंत देख लेते हैं, यह जैसा बुलवाता है आप तुरंत बोल देते हैं। और मजे की बात तो यह है यह जरा भी भनक नहीं लगने देता कि यह सब कुछ मन की चाल है। और आप जब यह सब करते हैं तो आपको ऐसा लगता है कि वह आपने करा। अब मैं आपसे सवाल करता हूं अगर वह आपने करा तो आपका किया हुआ काम बाद में आपको पश्चाताप की अग्नि में क्यों जलता है।

जरा विचार करना इस बात पर कि मैं जो भी काम करता हूं बाद में उस काम के प्रति मुझे जलन क्यों होती है मैं

ऐसा क्यों सोचता हूं कि मैं कुछ गलत कर दिया या फिर मैंने कुछ भयंकर पाप कर दिया या फिर ऐसा लगता है कि मुझे अब नर्क भोकना पड़ेगा, असल में जिस काम में हमको बाद में दुख मिलता है या फिर बाद में जलन होती है या फिर बाद में ऐसा लगता है कि हमने बहुत भयंकर पाप कर दिया। तो समझना कि वह काम तुमने करा ही नहीं वह काम तुम्हारे पुराने चित ने करा तुम्हारे पुराने घिसे पिटे मन ने करा जो की मानने को तैयार नहीं है कि उसने अभी जो करा उसने गलत काम करा।

क्योंकि तुमने इस बात पर भी ध्यान दिया होगा कि जब भी तुम कोई गलत काम करते हो। और कोई तुम्हें सॉरी बोलने को बोलता है कि इससे तुम तुरंत माफी मांगो तो तुम्हारा अहंकार बीच में आकर बोलता है कि क्या मैंने कोई गलत काम करा, यह कैसी बेवकूफ की बात करते हो। असल में जब यह विचार बोल रहे होते हो कि मैंने गलत काम करा तुम कैसी पागल वाली बात कर रहे हो।

असल में उस समय तुम्हारे अंदर चल रहा होता है की बात तो सही है मैंने हीं गलत करा लेकिन ऐसी कौन सी शक्ति है जो तुम्हें माफी मांगने को तैयार नहीं हो रही है वह क्या है।

वह तुम्हारा ही गड़ा हुआ अहंकार भाव है। जितना तुम अहंकार करते जाते हो, अपनी मन की बात सुनते जाते हो उतना तुम्हारा "मैं" शब्द मजबूत होता चला जाता है। और तुम्हें ऐसे मुकाम पर ले जाकर खड़ा कर आता है कि तुम्हें भीख मांगने की तौर तरीके सीखने पड़ते हैं।

और मजे की बात यह है कि तुम्हारा "मैं" शब्द गिरते ही, तुम्हरा अहंकार तुरंत गिर जाएगा और अहंकार के गिरते ही आनंद का झरना फूट जाएगा और तुम्हारे अंदर निडरता का भाव उत्पन्न होना शुरू हो जाएगा।

क्योंकि यह तो होना ही है, जब मैं यह मान लूं कि मैंने कुछ करा ही नहीं, और सही या गलत का तो सवाल ही पैदा नहीं होता। ये मान लेना की में तो कुछ करता ही नहीं, जो भी होता है उसकी मर्जी से होता है, तो मैं अपने आप को बीच में क्यों लेकर आऊं।

फिर तुम्हें लगेगा एकदम स्वतंत्रता, जैसे तुम एक बहुत शक्तिशाली बन गए हो जैसे सब कुछ ऑटोमेटेकली हो रहा है सब कुछ अपने आप हो रहा है तुम्हारे अंदर के सारे कर्म तुरंत गिरते चले जाएंगे।

जब तुम्हारा "मैं" गिरेगा तुरंत सारे कर्म गिरते चले जाएंगे और तुम एक ऐसे भवन में प्रवेश करोगे जहां पर शांति ही शांति है जहां पर आनंद का झरना ही झरना है, जहां कोई पाप नहीं है कोई पुण्य नहीं है, कोई आत्मा नहीं कोई परमात्मा नहीं, कोई स्वर्ग नहीं कोई नरक नहीं।

सिर्फ आनंदी आनंद एक ऐसी शांति अपूर्ण शांति का अनुभव तुम उस वक्त करोगे जैसी ही अहंकार गिरेगा। जब अहंकार गिरेगा तब तुम परमात्मा के असली मंदिर के द्वार पर पहुंचोगे। जब तुम्हारी असली पूजा शुरू होगी और फिर तुम खुद से कहोगे कि जो होगा देखा जाएगा क्योंकि मैं तो हूं ही नहीं और जब मैं हुई नहीं तो जो होगा उसकी फिक्र में क्यों करूं जो भी करेगा वह करेगा जैसी परमात्मा की मर्जी।

जैसी तेरी मर्जी मैं वैसा हो जाऊं,
तू फूल बोल मैं फूल हो जाऊं,
तू कांटा बना मैं कांटा बन जाऊं,
ना रहे शिकायत अब कोई
तेरी मर्जी में मैं लीन हो जाऊं,
अब सुन परमात्मा तूने मुझे बनाया
तेरी ही मर्जी
तू अब चाहे तो मैं कंकड़ पत्थर हो जाऊं,
तू फूल बोल मैं फूल हो जाऊं,
तू कांटा बोल मैं कांटा हो जाऊं,
ना दया करूं ना दया करवाऊं किसी से,
मैं तेरे दर पर बैठा एक भिखारी हो जाऊं,
मैं नदी किनारे बैठा अपनी प्यास बुझाऊं,
तू मालिक मैं नौकर हो जाऊं,
तू फूल बोल मैं फूल हो जाऊं,
तू कांटा बोल मैं कांटा हो जाऊं,
यह रोम रोम में समा जाए कि
जो तू बोले मैं वह हो जाऊं,
जैसा तू चाहे मैं वैसा हो जाऊं।।।।

आज हम बड़ा उल्टा कर रहे हैं आज हम बड़े परेशानी में इसलिए हैं क्योंकि आज हमने अपने आप को बहुत आगे रख रखा है हम जो भी काम करते हैं उसमें अपने आप को रखते हैं और परेशानी मोल ले लेते हैं। क्योंकि डर लगना शुरू ही वहां से होता है कि मेने कुछ कर दिया।

इसलिए हम बड़ा घबरा जाते हैं कभी-कभी तुमने देखा होगा। कि तुम बाहर कुछ करके आ गए और तुम घर जाने

से डरते हो, तुम रात रात भर बाहर बिता देते हो क्योंकि तुम सोचते हो कि मैं घर जाऊंगा, ना जाने क्या हो जाएगा सब मुझ पर एकदम हमला कर देंगे।

लेकिन जैसे ही तुम घर पहुंचते हो, तुम पाते हो कि कुछ तो हुआ ही नहीं। जैसा मैं सोच रहा था वैसे तो कुछ हुआ ही नहीं, तो ऐसा होगा क्यों क्योंकि तुमने कुछ करा ही नहीं असल में जो हुआ वह घटना थी वह घटा वह तुमने नहीं करा वह घटा अपने से घटा।

अब मैं तुमसे ध्यान देने को हूँ, मैं यह नहीं कह रहा हूं कि तुम जाओ और मौज करो और जाकर कुछ भी गलत गलत करते जाओ और तुम बस यह बोलते जाओ कि मेने कुछ भी किया मेने कुछ नहीं करा मैंने कुछ नहीं करा। ठीक है अब तुम जाकर रेप कर रहे हो, मर्डर कर रहे हो, और जाकर गलत गलत काम कर रहे हो, शराब पी रहे हो, यह सब कर रहे हो तो ध्यान देना कि मैं यह सब करने को नहीं बोल रहा हूं।

ध्यान देना अगर तुम मेरी बात का गलत अर्थ निकाल कर रोड पर जाकर कुछ भी गलत सलत कर रहे हो तो तुम्हारे अंदर फिर भी एक गलत भावना पैदा होगी एक जलन पैदा होगी कि मैं गलत कर रहा हूं और जब मैं गलत कर रहा हूं ऐसी भावना अंदर प्रकट हो रही है तो इसका अर्थ है कि तुम्हारा मन गलत करवा रहा है और तुम्हें नरक की तरफ लेकर जा रहा है।

क्योंकि जब तुम अपने ऊपर का भार छोड़ दोगे अपना बोझ छोड़ दोगे अपना "मैं" भाव छोड़ दोगे परमात्मा को पूरा समर्पण कर दोगे तो तुमसे कुछ गलत होगा ही नहीं। क्योंकि

परमात्मा को समर्पण व्यक्ति जो भी करेगा वही धर्म हो जाएगा और धर्म गलत कैसे हो सकता है।

क्योंकि ध्यान रखना स्वामी विवेकानंद कहते थे कि अगर बुरा करके भी बुरा ना लगे तो समझना बुराई तुम्हारे चरित्र में घुस गई है। क्योंकि अगर तुम कोई बड़ा गलत काम करके भी यह कह दो कि नहीं यह मैंने नहीं करा यह परमात्मा ने करा है तो समझना वहां पर भी तुम्हारा मन तुम पर राज कर रहा है तुम्हें गलत शिक्षा दिलवा कर।

क्योंकि अर्थ का अनर्थ बहुत किया जा रहा है क्योंकि जो गुरु बोल रहा है वह तो शिष्य तक पहुंच ही नहीं रहा है। वह जो चाह रहा है वह उसके पास पहुंच रहा है जो यहां से डिलीवर करा जा रहा है वह वहां पर सेंड हो ही नहीं रहा है।

इसलिए हजारों सालो से शास्त्रों को कोई समझ ही नहीं पा रहा है। कोई करोड़ों में इक्का-दुक्का व्यक्ति पैदा होता है जो शास्त्रों को शास्त्रों के हिसाब से समझता है, जो समझना चाहा लिखने वाले ने वही समझता है बहुत कम ऐसे पैदा होते हैं।

इसलिए हर एक बात पर ध्यान देने की बहुत ज्यादा जरूरत होती है हर एक विचार पर घंटा ध्यान लगाया जाता है तब जाकर वह विचार रियल में जो बोलना चाह रहा होता है, जो समझाना चाह रहा होता है वही हम तक पहुंचता है।

जो भी तुम्हें विचार लगता है कि हां इस पर विचार करना चाहिए तो उस पर विचार करना, मानना मत, मान जाओगे तो फिर भूल में पड़ जाओगे इसलिए मानना मत उस विचार पर विचार करना कई घंटे का ध्यान लगाना कि वाकई वह विचार संसार में काम कर रहा है।

और वह विचार तुम्हारी कसौटी पर खड़ा उतर जाए तो उसको मान लेना स्वीकार कर लेना उससे लड़ना मत, और जब तुम उस विचार को अच्छे से मान लो और भले ही फिर करोड़ों लोग उस विचार को ना माने लेकिन तुम अपने से पीछे मत हटना उस पर डटे रहना क्योंकि करोड़ गलत हो सकते हैं तुम नहीं, भीड़ गलत हो सकती है कोई एक नहीं।

कहने का अर्थ है कि तुम अपने से जीना अपनी मर्जी से जीना लेकिन स्वयं में रहकर जीना जो भी काम करो बस पश्चाताप न हो। पश्चाताप नहीं होगा तो इसका अर्थ है तुमने सही काम करा है। और जब तुम ऐसा मानकर करोगे कि सब कुछ परमात्मा कर रहा है, इसको रोम रोम में बैठा लेना ऐसे मान लेने से नहीं होगा तुम इसको अनुभव करना थोड़ा ध्यान करोगे ध्यान के माध्यम से तुम्हें यह सारी चीज अनुभव में आने लग जाएगी कि सब कुछ अपने से घट रहा है।

एक छोटी कहानी और अपनी चर्चा पूरी करूं चंदू की बीवी बहुत बीमार थी अस्पताल में भर्ती थी। तो चंदू रोता रोता बीवी के पास गया उसके अंतिम शब्द सुनने के लिए, तो उसकी बीवी मायावती बोली देखो जी मुझे पता है कि तुम मेरे मरते ही दूसरी बीवी घर ले आओगे।

मैं कह देती हूं कि मेरे मरने के बाद मेरे कपड़े किसी को देना मत, चंदू बोल अरे नहीं पगली किसी को नहीं दूंगा तू क्यों घबराती है, क्योंकि तेरे कपड़े मैं जानता हूं शिल्पा और रूपवती को नहीं आएंगे।

इस तरह मस्ती में जीने वाले लोग भी हमारे समाज में रह रहे हैं इस कहानी का कोई उद्देश्य नहीं है बस मस्ती है मस्ती में रहो। और ज्यादा टेंशन ना लो, ज्यादा चिंतित ना

रहो इसलिए जो होगा देखा जाएगा इस शब्द को रोम रोम में बिठाकर मस्ती में घुल जाओ तुमने मेरी बात पूरी सूनी उसके लिए बहुत-बहुत

।।धन्यवाद।।

अध्याय 4

सरल, सहज एक शांति मंत्र

****

एक छोटी सी कहानी और विषय की चर्चा को शुरू करता हूं, गांव में बहुत हलचल मच रही थी सब बड़े परेशान थे सब पंचायत लगी हुई थी, सबको पता चला जब पप्पू ने गांव की एक महिला जो बुजुर्ग थी उसका अपहरण कर लिया, गांव के लोगों ने परेशानी में एक पंचायत बिठाई उसमें पप्पू को बुलाया गया, और पूछा गया अरे कमबख्त तुझे शर्म ना आई, तूने गांव की सबसे बुजुर्ग महिला का अपहरण कर लिया।

पप्पू ने कहा तो और क्या करता, और कोई महिला पटती नहीं और बाकी सब मुझ पर भारी पड़ती है, किसी की तरफ देखता भी तो मुझे धो धो कर मारती है, एक यही कमजोर सरल सहज है जिस पर मेरा बस चल सका।

इसमें दो बातें आपको ध्यान में लेनी चाहिए की पहले तो यह कि जिस सरल सहज शांति की में बात कर रहा हूं वह तुम्हारी कमजोरी नहीं है, मैं यह नहीं कह रहा हूं कि तुम समाज में कमजोर बन कर रहो और सबसे पीटते रहो।

और दूसरा में यह भी नहीं कह रहा हूं कि कोई जो कमजोर है उस पर तुम अपना राज चलाओ। मैं जिस सरल सहज की बात कर रहा हूं वह मैं तुम्हारे स्वभाव, तुम्हारी ईमानदारी से जीने के तरीके पर कहना चाह रहा हूं।

हम सरल और शहज जीवन जी सकें इसके लिए प्राचीन काल से काफी गुरुओं ने काफी संतों ने कहा है कि गुरु का होना बहुत जरूरी है। गुरू होना इसलिए जरूरी है क्योंकि गुरु बताता है कि सही क्या है गलत क्या है और उससे पहले जो हम सही और गलत का निर्णय करते हैं तो वह हम नहीं करते वह हमारे मन के द्वारा किया जाता है। और हम उसको होश से देख नहीं पाते जिसके कारण हम दुनिया भर की पूरे दिन बहस करते रहते हैं कि हम सही, मैं सही,

और गुरु के वीना अहंकार नहीं टूटता इसलिए गुरु का होना तो बहुत जरूरी है।

अगर तुम खुद से अहंकार को अलग कर सको तो गुरु का होना बिल्कुल भी जरूरी नहीं है। लेकिन खुद से अहंकार को अलग करना कोई करोड़ों में ही कोई बिरला पैदा होता है जो ऐसा कर सका जिसको हमें सुनने को मिलता है कि उसका कोई गुरु नहीं था लेकिन उसको ज्ञान उपलब्ध हुआ। ऐसा बहुत कम होता है इसलिए गुरु का होना तो बहुत जरूरी है। और अब तुम बोलोगे कि गुरु को कहां ढूंढने जाएं। तो गुरु को तुम्हें कहीं ढूंढने नहीं जाना है।

तिब्बत की बहुत पुरानी कहावत है, जब चेला राजी होता है गुरु प्रकट होता है।

इसको संतों ने यूं कहा कि जब कोई व्यक्ति मौन होता है, एकदम शांत होता है, एकांत में अपना आनंद ढूंढता है। तो उस व्यक्ति के जीवन में गुरु अपने आप प्रकट होता है। क्योंकि मौन होना अपने आप में एक मंत्र है। उस मंत्र के द्वारा तुम जो भी प्राप्त करना चाहोगे प्राप्त कर सकते हो।

जब महात्मा बुद्ध के पास शिष्य आते थे, तो सब उनसे कहते हैं कि है महात्मा हमें कोई मंत्र दे दो हमें कोई ऐसा मंत्र दो जिसके कारण हम सिद्धियो को प्राप्त कर सकें और ईश्वर तक पहुंच सके कुछ ऐसा मंत्र हमें दीजिए हम पर कृपा कीजिए।

तो बुद्ध उनसे हमेशा एक ही बात कहते हैं जब भी कोई मंत्र मांगता, की अपनी सांस जो तुम्हारे भीतर जाती है और बाहर आती है बस उसको देखो और उसको सुनो। सांस का भीतर जाना और बाहर जाना जो इस क्रिया के बीच में ध्वनि प्रकट होती है।

उस मंत्र के सहारे तुम कुछ भी प्राप्त कर सकते हो वही एक मंत्र है जो ईश्वर के द्वारा हमें दिया गया है मैं कुछ अलग से तुम्हें शास्त्रों में से नहीं बताऊंगा। तो इतना कह बुद्ध अपनी बात को समाप्त करते थे।

तो अगर तुमसे मौन साधने में जरा भी तकलीफ हो रही है। तो तुम इसका उपयोग कर सकते हो इसका एक बार प्रयोग करके देखो क्योंकि आज तक तुमने न जाने कितने उपाय तो कर चुके हो एक बार ऐसा भी करके देख लो। और जब तुम मौन होंगे तो तुम्हारे में सरलता फूटेगी।

क्योंकि मौन में ही उस विराट की आवाज सुनाई देती है। उस मोन में ही उस ईश्वर परमात्मा की आवाज सुनाई देती है जो तुम वर्षों से सुनने के लिए तड़प रहे हो। और जो तुम ना जाने कितने उपाय करने के बाद उसकी आवाज सुनना चाहते हो, लेकिन सुनाई कुछ भी नहीं देता हाथ एकदम खाली रहते हैं।

तो तुम ऐसा कर सकते हो जिसके द्वारा तुम्हें उस विराट की आवाज सुनाई देगी और तुम इसका अनुभव खूब आनंद से कर सकते हो।

मोन का अर्थ में यह नहीं कह रहा हूं कि तुम चुप हो जाओ और बोलना बंद कर दो और कोई कुछ पूछ रहा है और तुम अपने अहंकार में चुप बैठे हो कि मुझे मौन होना है मुझे मोनी बाबा बनना है तो मैं ऐसा कुछ नहीं कह रहा हूं।

इसका अर्थ एकदम साफ समझ लें। जब मैं मौन होने को कह रहा हूं तो मैं कह रहा हूं कि तुम अंदर से और बाहर से दोनों से चुप हो जाओ। क्योंकि अगर तुम बाहर बाहर चुप हो तो अंदर तुम बहुत बकबक करते रहोगे जिसके कारण तुम कहीं भी ना पहुंच पाओगे। और विश्वास मानो जिस दिन तुम मौन हो जाओगे अच्छी तरह, जिस दिन तुम मौन और सरल सहजता की अवस्था तक पहुंच जाओगे उस दिन तुम्हें परमात्मा की मस्ती दिखाई देगी, उस दिन तुम्हें परमात्मा की मौज में मौज करना आएगा।

सरलता, सरलता का अर्थ होता है की बिल्कुल सरल हो जाओ। ताकि तुम्हें समझने के लिए ज्यादा किसी को परेशानी मोल ना लेनी पड़े। सरल एकदम ईमानदार हो जाओ अपने कर्तव्यों के प्रति अपने कर्म के प्रति एकदम होश से जाग जाओ।

छल कपट, ईर्षा, जलन, इत्यादि यह सब हमारे शत्रु हैं जो कि हमारे होश में ना रहने के कारण हमारे ऊपर राज कर लेते हैं और मालिक बन जाते हैं। और उस विराट परमात्मा के आनंद का अनुभव हमें लेने नहीं देते।

साजन में तेरे द्वार आई पर तू न मिला,
मेने पुकारा तुझे अपने दीए से पर तू न मिला,
अब और कितना इंतजार करवाएगा,
अब तो सरल बीते सारी उमरिया
अभ भी तू ना मिला,
साजन में तेरे द्वार आई पर तू ना मिला,
भटक रही मेरी आत्मा
ना जाने कितनी योनियों में है,
अब मनुष्य तन दिया
अब कृपा की बरसा तूने करी,
अब मैं चूक ना जाऊं,
अब पूरा ब्रह्मांड समाज संसार
तुझ में दिखता है,
इतना भटकने के बाद अब तू मुझे मिला
अब तू मुझे मिला,

असल में जो व्यक्ति पुरे हृदय से परमात्मा को धन्यवाद देता है, उसका धन्यवाद कोई मांग नहीं होता उसका धन्यवाद केवल इतना होता है कि जो तूने दिया मैं तो उसके लायक भी ना था। तूने हमेशा मुझे मेरी औकात से ज्यादा दिया। जो प्रार्थना धन्यवाद की देखरेख में होती है वह प्रार्थना हमेशा स्वीकार होती है।

इतना सरल सहजता लानी होगी कि तुम धन्यवाद बोल सको अपने हर उस चीज के लिए जिसके प्रति तुम होश से भरे हुए हो। असल में कृतज्ञ का भाव ही एक मार्ग है जो हमें परमात्मा के द्वार पर ले जाकर खड़ा करता है। और फिर जीवन में शांति का झरना बेहता है।

अधिकतर तुमने अमीरों के मुंह से अक्सर यह कहता सुना होगा कि पैसा बहुत है, धन बहुत है मैंने इतनी पद प्रतिष्ठा सब कुछ पा लिया, जो मैं चाहता था जो मैंने प्लानिंग करी थी, सब कुछ पूरी हो गई मैं सफल हो गया ऐसा संसार को लगता है, लेकिन मुझे कुछ कमी दिखाई पड़ती है मेरे जीवन में शांति नहीं दिखाई पड़ती।

शांति का अनुभव मुझे नहीं होता है पूरे दिन मुझे चिंता घेरे रहती है तो ऐसा अमीर लोग क्यों बोलते हैं कि उनको अभी तक शांति के दर्शन नहीं हुए, उनको तो शांति धन में दिखाई पड़ती थी, अब तो धन भी आ चुका अब उनको शांति क्यों नहीं दिखाई देती। इसका कारण क्या है।

तो इसका कारण है, अज्ञानता, यह लोग अज्ञानता के कारण शांति को उपलब्ध नहीं हो पाए क्योंकि जिस चीज में यह रस देखते हैं, उसमें रस है। मैं ऐसा नहीं कहूंगा कि उसमें रस नहीं है, बिल्कुल रस है लेकिन उस रस को ना देखते हुए, जो नहीं है उसके पीछे भागते हैं।

कभी तुम अमीरों के घर पर जाना उनसे यह तो बिल्कुल मत पूछना कि तुम्हारे पास क्या-क्या है क्योंकि वह बिल्कुल भी बता ना पाएंगे। क्योंकि उनको लगता है कि उनके पास कुछ है ही नहीं, अभी वह खाली है।

तुम उनसे पूछना कि तुम्हारे पास क्या-क्या नहीं है और फिर देखो वह इतनी लंबी चौड़ी लिस्ट बना देंगे कि अभी तो हमारे पास यह भी नहीं है अभी तो इसको भी प्राप्त करना है और फिर तुम कहोगे इसके बाद क्या करोगे वह कहेंगे कि नहीं इसके बाद कुछ नहीं बस इतना मिल जाए बहुत है और जब वह मिल जाएगा तब उनके पास जाना फिर दोबारा वही

चक्र वही सब सुनने को दोबारा मिलेगा कि नहीं अभी तो मुझे यह और चाहिए।

तो शांति उन तक नहीं पहुंच पाती या फिर यूं कहें कि वह शांति तक नहीं पहुंच पाते। क्योंकि शांति का धन, पद प्रतिष्ठा, गरीबी अमीरी, संत महात्मा, बुद्ध भगवान, आत्मा परमात्मा, प्रकृति सृष्टि इन सब चीजों से कोई लेना देना नहीं है।

शांति है संतोष में सिंपल

अब इस संतोष शब्द को ठीक से समझ लेना क्योंकि काफी लोग इसका गलत अर्थ निकाल कर आलस समझ लेते हैं। संतोष का अर्थ होता है संतुष्टि "जितना है उतने में खुश" लेकिन जो तुम्हारा कर्म है उसको करते रहो करते रहो करते रहो और उसके द्वारा जो फल मिलता है उस फल में संतुष्टि प्रकट करो कर्म करने की क्षमता को कम मत करो कर्म तीव्रता से करते रहो करते रहो।

लेकिन जो उसका फल मिल रहा है उसमें अपनी आकांक्षा मत डालो वह आपकी संतुष्टि को भंग करेगी जिससे आपकी शांति दूर हो जाएगी।

जो संतुष्टि का अर्थ आलस को समझते हैं। अपने कर्म करने की क्षमता को कम कर देते हैं। असल में वह कहते हैं कि भाई हमें तो संतुष्टि कहा गया है तो हम संतुष्ट हैं अब हम क्यों कर्म करें काम नहीं करेंगे तो फल भी नहीं मिलेगा इससे बढ़िया है कि हम काम क्यों करें जब संतुष्ट ही रहना है तो काम क्यों करें।

"ना करेंगे काम ना आएगा फल" तो संतुष्टि ही संतुष्टि फूटेगी। और ऐसी सोच रखने वाले अंततः दुख को उपलब्ध होते हैं।

मैं कल एक गीत सुन रहा था तो उसकी लाइन कुछ इस प्रकार थी,

निर्धन कहे सुख धनी को ज्यादा,
धनी कहे सुख राजा को ज्यादा,
राजा कहे सुख इंद्र को ज्यादा,
इंद्र कहे सुख राम को ज्यादा,
राम कहे सुख संत को ज्यादा,
लेकिन संत कहे सुख संतोष में है ।।

सुख का संतोष से बहुत लेना देना है इसका अर्थ ठीक से समझ लेना। क्योंकि जब जिस चीज में चाह होती है वहीं से दुख शुरू होता है उसके ना मिलने से क्योंकि कुछ भी मिलता कहां है तुम अपने पीछे जीवन में जो जो भी चाहते हैं वह मिलता कहां है और वह मिल भी जाए तो जो चाहा वह तो बच्च गया और चाहा हुआ भी मिल जाए तो चाहा दूसरी बन जाती है फिर वह न मिलने का दुख प्रकट होता है।

और अगर इस चक्र को कोई रोक दें, जो अभी मिला उसमें ही रस लेना शुरू कर दें। तो मिलने वाली चीज के अंदर संतुष्टि देखना उससे ही संतुष्ट हो जाना तो इस स्थिति में वहां से सुख शुरू होता है।

और अगर इस अवस्था में भी आपको संतुष्टि नहीं है इससे और ऊपर उठना है तो वह अवस्था आनंद की है। कुछ

मिलना या नहीं मिलना इन दोनों के बीच में आपने तालमेल बैठा लिया तो फिर आनंद फूटेगा।

कुछ मिले या ना मिले आप अपने से खुश हैं क्योंकि आप यकीन मानो अगर आप किसी वस्तु से खुश होते हैं या किसी स्त्री पुरुष से खुश होते हैं, तो जो खुश हो रहे हैं वह आप अपने कारण ही हो रहे हैं अगर आप किसी चीज को देखकर हंस रहे हैं तो देखने वाली चीज कारण नहीं है, आपके अंदर ही आनंद फूट रहा है तो उसके कारण आप खुश हो रहे हैं, आपको खुशी मिलती है वह आपके कारण ही होती है।

तो बाहर के जितने भी कारण है वह तो व्यर्थ के हैं अगर आप उनके पीछे भागना बंद कर दें तो ऑटोमेटेकली आनंद तो आपके अंदर ही है सुख जो है वह आपके अंदर ही है।

एक छोटी सी कहानी और चर्चा पूरी करूं, पप्पू की शादी हो गई और वह भी उस लड़की से हुई जिसे वह चाहता था जिससे वह बहुत प्रेम करता था, तो शादी के कुछ दिन बीते वह दोनों अच्छे से रहने लगे।

कुछ दिन बाद पत्नी ने फरमाइश करी, कि मुझे कुछ कपड़े दिलवा दो, पप्पू बाजार से कपड़े ले आया, पत्नी को पसंद आए। कुछ दिन बाद फिर फरमाइश करी की कुछ कपड़े ला दो, वो फिर ले आया ऐसा करीबन काफी दिन तक चलता रहा।

पप्पू ने आज हिम्मत करके पूछ ही लिया, कि सुनो भाग्यवान इतने कपड़े रोज मांगती हो करती क्या हो और कल ही तो लेकर आया था आज फिर मंगावा रही हो, वह बोली जनाब जो भी आप कपड़े लाते हो वह कुछ दिन

पहनती हूं और फिर पुराना पुराना लगता है इसलिए दूसरे कपड़े पहनने की इच्छा होती है।

पप्पू उसी दिन शाम को एक खूबसूरत महिला को लेकर आया दोनों के गले में फूल माला को देखकर पत्नी ने बोला कि यह कौन है, अप्पू बोला यह मेरी नई बीवी है, पत्नी बोली जी ऐसा क्यों किया आपने।

आज सुबह तुमने हीं तो सिखाया था कि पुराना पुराना लगता है तो मुझे तुम भी बड़ी पुरानी पुरानी लगती हो इसलिए नई बीवी ले आया।

तो मन का काम ही यही है, की जो मिल जाए वह व्यर्थ व्यर्थ सा लगता है। इसलिए इस मन की माया से बाहर आओ जो मिल जाए वह पर्याप्त है।

।।धन्यवाद ।।

परमात्मा की मस्ती

अध्याय 5

भक्ति ही मस्ती है... कैसे?

****

विज्ञान कहता है कि यहां के प्रत्येक प्राणी को अलग-अलग दृष्टि से संसार दिखता है। और अलग-अलग का अर्थ है, शास्त्र बताते हैं कि अलग-अलग प्रकार के 84 लाख योनिओ के प्राणी धरती पर वास करते हैं।

और जो जिस जाति का होता है उसको संसार भिन्न-भिन्न प्रकार का दिखाई देता है किसी अन्य जाति के मुकाबले में।

किसी को सफेद दिखाई दे रहा है तो सिर्फ सफेद ही सफेद दिखाई देगा। पेड़ भी सफेद दिखाई देंगे, धरती भी सफेद दिखाई देगी, वस्त्र भी सफेद दिखाई देंगे, सब कुछ सफेद सफेद। उनके लिए सफेद के अलावा कोई और रंग धरती पर होता ही नहीं है।

किसी को कोई एक कलर दिखाई दे रहा है तो उसी कलर का पूरा संसार दिखाई देगा। किसी को ब्लैक एंड व्हाइट दिखाई देता है तो पूरा संसार ब्लैक एंड व्हाइट ही ब्लैक एंड व्हाइट उसको दिखता है।

पंछी कुछ और देख रहे हैं, इंसान कुछ और देख रहे हैं, पिशाच कुछ और देख रहे हैं, सबको यह संसार अलग-अलग दिखाई देते हैं।

लेकिन जो असली भक्त होता है उसमें एक घटना घटती है, वह हर प्राणी के अंदर प्रभु को देखता है, और हर प्राणी में अपने आपको देखता है, और अपने अंदर ही हर प्राणी को देखता है। इसका अर्थ है, वह प्रभु को सामने भी देखता है, और अपने अंदर भी देखता है।

भक्ति का जो असली सफलता का सूत्र है, जो भक्त का परिणाम निकल कर आता है, वह खुद को उस विराट के साथ एक कर लेता है। फिर वह देखता है कि यहां पर सब कुछ एक है।

अगर तुम भी थोड़ा सा ख्याल करो और ध्यान से देखो तो यहां पर सब कुछ एक का ही है कुछ अलग है ही नहीं, अलग दिखाई पड़ता है तुम्हारे मन के कारण, तुम्हारी भिन्नताएं के कारण, तुम्हारे भटकाओं के कारण, तुम्हारी उलझनो के कारण, और जो तुम यह बातें करते हो कि उसने मुझे दुख दिया।

तो वह जो तुम उस शब्द का प्रयोग कर रहे हो उसके लिए यानी सामने वाले के लिए, अगर तुम यह दृष्टि बनालो की जो सामने वाला है वह भी मैं ही हूं और जो मैं हूं वही सामने वाला है इसका अर्थ हुआ अगर सामने से गली आ रही है तो वह गली में खुद ही अपने को बक रहा हूं। कुछ ना कुछ तो दोश मुझ में होगा ही।

इसलिए उपनिषद का बड़ा ही अनमोल वचन है यह कोई छोटा-मोटा वचन नहीं है, उपनिषदों ने कहा...

एको ब्रह्म द्वितीयो नास्ति

इसका अर्थ होता है कि वह एक ही है, सर्व शक्तिमान जो सब में विराजमान है, और अगर यह दृष्टि बन जाए कि सब में वही है सब कुछ उसी का ही है हम भी उसी के ही हैं क्योंकि जो शक्ति जो आत्मा तुम्हारे में रमन कर रही है जो ऊर्जा तुम्हारे में रमन कर रही है जिसके चलते तुम चल फिर रहे हो उसको काफी संतों ने, काफी शास्त्रों ने।

किसी ने आत्मा कहा, किसी ने ऊर्जा कहा, किसी ने होश कहा, किसी ने कुछ कहा, सब ने अलग-अलग प्रकार से उसको बोला।

अगर यह साफ-साफ दिख जाए कि सब में वही है तो तुम्हारे अंदर एक घटना घटेगी वह होगी मस्ती की।

जब यह दिख ही जाएगा तो तुम नाचोगे, तुम गाओगे तुम गुनगुनाओगे तुम उल्टी सीधी हरकतें करोगे और मस्ती में एकदम झूम उठोगे, और तुम यह फ़िक्र बिलकुल छोड़ दोगे कि सामने वाला क्या सोचेगा, लोग क्या कहेंगे।

मेरी हरकतों पर कौन नजर रख रहा है कौन नजर नहीं रख रहा। मुझे देखने के बाद किसी की प्रक्रिया क्या होगी, कोई मेरे बारे में क्या सोचने लगेगा, कैसी बातें करेंगे यह सारी चीज तुम्हारे अंदर से हट जाएगी।

पग घुँघरू बांधि मीरां नाची,
मैं तो मेरे नारायण सूं आपहि हो गई साची"
लोग कहैं, मीरा भई बावरी,
न्यात कहैं कुल-नासी
विस का प्याला राणी भेज्या, पवित मीरा हाँसी
मीरा के प्रभु गिरधर नागर,

सहज मिले अविनासी"
मरे तो गिरिधर गोपाल, दूसरों न कोई
जा के सिर मोर-मुकुट, मेरो पति सोई"
छाँड़ि दयी कुल की कानि, कहा करिहैं कोई?
संतन ढिग बैठि-बैठि, लोक-लाज खोयी"

मीरा जब प्रभु के साथ एक हुई जब उसे श्री कृष्ण की मस्ती छाई, तो उसने यह फिक्र छोड़ दी कि लोग क्या कहेंगे, "पग घुँघरू बांधि मीरां नाची" जब मीरा एक हुई, तो झूमि नाची, पूरे में गली-गली उस एक विराट का गुणगान करने लगी।

लोग कहते हैं कि मीरा बावली हो गई है असल में बावला तो होना ही पड़ता है, जब तुम संसार से अपने आप को अलग देखने लग जाओगे, और ऐसी दृष्टि बना लोगे कि यहां पर सब कुछ एक ही है।

तो शरीर के ऊपर के हिस्से से जो बोला जा रहा है वह मेरे लिए नहीं है, जो सबके शरीर के अंदर हैं वही मेरा है तो तुम्हारी नाराजगी किसी से नहीं होगी तुम मस्ती में फेल जाओगे तुम्हारे अंदर आनंद की वर्षा होने लग जाएगी।

फिर मीरा कहती है "मैं तो मेरे नारायण सूं" मैं तो उसके जैसे ही हूं और वह मेरे जैसा ही है। मैं उसमें से ही हूं, और उसकी ही हूं। मीरा काह रही है, आगे...

मरे तो गिरिधर गोपाल, दूसरों न कोई
जा के सिर मोर-मुकुट, मेरो पति सोई"

मेरा एक वही है और उसके अलावा दूसरा कोई नहीं इसका अर्थ हुआ वह कह रही है कि यहां पर कोई दूसरा है ही नहीं वह एक ही है जो मेरा है।

और असल में ध्यान से देखो तो बात तो बिल्कुल ठीक ही है, उस प्यारे के अलावा और कौन है यहां पर उसी की सृष्टि है उसी की यह प्रकृति है वही तो रच रहा है।

छाँड़ि दयी कुल की कानि, कहा करिहैं कोई?
संतन द्विग बैठि-बेठि, लोक-लाज खोयी"

अगर भक्ति में उतरना है तो तुम्हें समाज की फिक्र छोड़ ही देनी पड़ेगी, क्योंकि असली भक्ति अगर तुम्हें मस्ती नहीं दे रही है तो समझना वह भक्ति है ही नहीं।

लेकिन आज हमारी भक्ति थोड़ी उल्टी प्रकार की हो रही है, हम फूलों को लेकर मिठाई को लेकर मंदिर में जा रहे हैं और वहां चढ़ा रहे हैं और सोच रहे हैं की भक्ति कर रहे हैं।

तुम्हारी भक्ति है ध्यान लगाना ध्यान से सृष्टि को देखना पूरे होशपूर्वक जीना तुम्हारा होश इस चीज का फैसला कर लेगा की माया क्या है,

और जो मैं अपनी इच्छाओं के कारण अपनी बे बुनियादी आकांक्षाओं के कारण बार-बार जन्म ले रहा हूं बार-बार अलग-अलग योनियों में भटक रहा हूं वह किस कारण और तुम्हें वह सारा याद आ जाएगा।

अगर तुम असली भक्ति में उतरोगे की तुम्हारा पुराना क्या बीता हुआ है और तुम किस कारण बार-बार यहां पर जन्म ले रहे हो। अपनी इच्छाओं के कारण और अपनी इच्छाओं

को कैसे सुन्य पर लेकर जाया जाए, वह भक्ति ही एक मार्ग है जो तुम्हें उस विराट के साथ एक करने में मदद करेगी।

तुमने यह कहानी तो सुनी ही होगी, एक सम्राट बड़ा ही परेशान था कि उसको ईश्वर को ढूंढना था और वह बड़ा ही जगह-जगह भटक रहा था।

ईश्वर को ढूंढने के लिए वह मस्जिद में जाता, वह मंदिरों में जाता, वह चर्चों में जाता, पर उसे ईश्वर का कुछ पता नहीं चलता। वह बड़ा ही परेशान होने के बाद थक के एक नदी किनारे बैठा। तो किसी ने महात्मा बुद्ध के बारे में बताया, कि वह बहुत बड़े महात्मा है तुम्हारे प्रश्न का उत्तर उनके पास अवश्य होगा और अब जाओ अपना उत्तर प्राप्त करो, तो बड़ी यात्रा करके वह महात्मा बुद्ध के पास पहुंचा।

महात्मा बुद्ध अपने शिष्य गनों को प्रवचन दे ही रहे थे कि अचानक सम्राट वहां पर पहुंचा, और महात्मा बुद्ध के चरणों में गिरकर पूछने लगा की है महात्मा मैं ईश्वर को खोज रहा हूं, कृपा कर उनका मुझे पता बताएं और मेरी उनसे भेंट करवाए।

बुद्ध ने बोला कि तुम्हारे प्रश्न का उत्तर तुम्हें मैं दूंगा लेकिन आज नहीं कल तुम कल मेरे पास आना और कल मैं तुम्हारे प्रश्न का उत्तर तुम्हें दूंगा।

अगले दिन सम्राट महात्मा बुद्ध के पास पहुंचा तब बुद्ध अपनी कोई खोई हुई चीज बाहर आंगन में ढूंढ रहे थे, सम्राट ने पूछा कि है महात्मा क्या ढूंढ रहे हैं, बुद्ध ने बोला कि मेरी कोई कीमती चीज खो गई है तो मैं काफी देर से परेशान हूं, उसे ढूंढ रहा हूं और मुझे मिल नहीं रही है।

सम्राट ने बोला है महात्मा मैं आपकी मदद करता हूं उस कीमती चीज को ढूंढने में। वह दोनों काफी देर तक बाहर आंगन में ढूंढते रहे कभी इधर खोजे कभी उधर खोजें काफी देर तक ढूंढ़ते ढूंढ़ते थक चुके परेशान सम्राट ने पूछा है महात्मा कीमति वस्तु आपने आखिरी समय कहां देखी थी। बुद्ध ने कहा मैंने आखिरी समय अपनी कुटिया में देखी थी।

सम्राट ने कहा क्या आप पागल होते हैं, हम सुबह से लेकर शाम तक बाहर खोजते रहे क्या आप पहले नहीं बता सकते थे कि वह कीमती चीज आपकी कुटिया में रखी है। कुटिया में खोई है तो आप बाहर क्या ढूंढ रहे हैं, आपको कुटिया में ढूंढना चाहिए उसे।

बुद्ध थोड़ा मौन हुए, थोड़ी देर बाद उत्तर दिया। कि मैं तुमको यही समझाना चाह रहा हूं, की जो तुम्हारे भीतर है उसको तुम बाहर क्यों ढूंढ रहे हो, बुद्ध ने कहां परमात्मा कहीं बाहर नहीं है वह तुम्हारे अंदर हैं।

बाहर परमात्मा तुम्हें तब दिखाई देगा जब तुम अपने अंदर के परमात्मा को देख लोगे। अभी तो अंदर की आत्मा से ही कोई परिचय नहीं है, बाहर किसको ढूंढ रहे हो। और क्या वह दिखाई देगा, जब तुम खुद के भीतर, जो इतने करीब है उससे ही परिचित नहीं हो।

बुद्ध के यह वचन सुनकर वो उनके चरणों में गिरा उनका शिष्य बना और अपने को जानने के लिए उनको समर्पित हो गया।

तुम भी जिस दिन जान जाओगे कि परमात्मा तुम्हारे भीतर ही है और वहीं से ऊर्जा उत्पन्न हो रही है, वहीं से सारी

लीलाएं हो रही हैं, और वहीं से संसार की सारी रचना हो रही है उस दिन तुम्हारे अंदर एक मस्ती का झरना फूटेगा।

फिर तुम भी मीरा की तरह नाचोगे और गीत गाओगे ओर ये फिक्र छोड़ दोगे की सामने वाला क्या सोचेगा। तो प्रेम भरी भक्ति में उतरो और परमात्मा की दृष्टि से संसार को देखो और खुद को मस्तीमय जानो।

।। धन्यवाद।।

अध्याय 6

तालमेल बिठाओ जीवन सुधारो

****

एक छोटी घटना और विषय में आगे बढ़ते हैं, भारत के एक महान जग्गी वासुदेव नामक सद्गुरु है, सब उनको सद्गुरु के नाम से जानते हैं। तो एक बार किसी सभा में उनसे किसी ने पूछा कि सद्गुरु आपके अंदर कौन-कौन सी कमियां है।

तो वह थोड़ा मौन हुए फिर उत्तर दिया और बोले यह बता पाना बड़ा ही मुश्किल है कि मेरे में कौन-कौन सी कमियां है। कमियां बता पाना मुश्किल है इसका अर्थ यह नहीं है कि मेरे में कोई कमी है ही नहीं, और खूबियां ही खूबियां हैं।

ऐसा मैं नहीं कह रहा हूं कृपया इसको ऐसे ना समझे, क्योंकि जो आप पूछ रहे हो आपके हिसाब से हर व्यक्ति में कमी होती ही है। और यह ठीक है, लेकिन मैं यहां पर व्यक्ति के रूप में मौजूद हूँ ही नहीं, तो इसलिए मेरा यह बता पाना बड़ा ही मुश्किल है कि मेरे में कमियां क्या है और अच्छाइयां क्या है। क्योंकि मैं अपने को, जैसी स्थिति होती है वैसे में ढाल लेता हूं।

अब जो यह कह रहे हैं उसको ठीक से समझ लेना वह कह रहे हैं ढाल लेता हूं, इसका अर्थ है जैसी स्थिति होती है वह उसी के आधार पर जीना शुरु कर देते हैं। जैसे अगर मैं पानी में उतरूंगा तो में पानी ही बन जाऊंगा, दिखुंगा तो वैसे ही जैसा हूं लेकिन अपने आप में पानी महसूस करूंगा। और

ज्यादा सफलता मिली तो फूलूंगा नहीं, और असफलता मिली तो दुखी नहीं होंगा। बीच में तालमेल बैठा लूंगा, तो कुछ-कुछ ऐसे ही स्थिति में ढालना होता है।

लेकिन हम क्या कर रहे हैं, हम उल्टा ही कर रहे हैं। कोई दुख आता है तो हम उसे दिनों दिन तक याद रखकर दुखी होते रहते हैं रोते रहते हैं और ना जानें कैसी-कैसी हरकतें करते रहते हैं, जिसके कारण हमें दुख भोगना पड़ता है और जब सुख आता है तब भी वह दुख चल ही रहा होता है। हम उस सुख को भोग ही नहीं पाते क्योकि तब भी वह दुख चल रहा होता है।

लेकिन इतना समझ लो यहां पर कुछ भी स्थिर है ही नहीं यहां पर ना दुख टिकेगा ना ही सुख टिकेगा। सब कुछ कुछ क्षण के लिए आते हैं और अपना कार्य करके चले जाते हैं।

जैसे फिल्म मे हम देखते हैं उसमें सब अपना अपना रोल निभाने आते हैं और कुछ देर रोल निभा कर वापस चले जाते हैं फिर दूसरे की बारी होती है अपना प्रदर्शन करने की। सर हमारे जीवन में सुख और दुख की घटना घटती है लेकिन हमें इसके बीच में ठहरना होता है एक तालमेल बैठाना होता है।

लेकिन जब हमारे पास दुख आता है तो हम उसको सुधारने में पूरा समय लगा देते हैं उसके लिए ना जाने कैसे-कैसे उपाय करते हैं, कि वह ठीक हो जाए। उसको कम करनेके लिए जमाने भर की कोशिश करते हैं। और जब सुख आता है तो उसको पकड़ के रखने की कोशिश करते हैं, उसको भी ठीक से अपने पास जमाने की कोशिश करते हैं कि यह हमारे पास टिक जाए, रुक जाए, थम जाए, और

मेरी जिंदगी से कभी वापस न जाए। इस तरह पकड़ने की कोशिश करते हैं।

एक बार एक मां अपने बच्चों के साथ शॉपिंग करने गई तो वहां पर बच्चों को कुछ खिलौना पसंद आया। मां उसको वह खिलौना दूलाने लगी, एक घर होता है जो टूटा होता है उसे जमाना होता है। मां उस खिलौने को जोड़ने में लगी हुई थी, उसने हर प्रकार से कोशिश करी लेकिन वह घर जुड़ता ही नहीं जमता ही नहीं। उसके पति ने भी उस टूटे हुए घर को जमाने की कोशिश करी, पर वह उससे भी नहीं जमा।

तो पत्नी दुकानदार के पास गई और बोली मेरा बच्चा अभी 5 साल का है, और जो यह खिलौना आपने मेरे बच्चे को दिया हैं। इस खिलौने को मैंने जोड़ने की कोशिश करी नहीं जमा, मेरे पति जो की 20 साल से गणितज्ञ हैं उन्होंने जोड़ने की कोशिश करी उनसे भी नहीं जमा, तो यह 5 साल का बच्चा इसे कैसे जमाएगा और यह क्या बेच रहे हैं आप।

तो दुकानदार बोला देखिए बहन जी यह खिलौना जमाने को है ही नहीं। यह तो बच्चे के लिए एक सबक है कि यहां पर कुछ भी जमाने को है ही नहीं, उसका आनंद लेने को है।

तो हमें जीवन में एक लेबद्धता लानी है, जिससे हमारा जीवन एक प्रकार से खेल लगने लगे। जिसमें हम ज्यादा अति गंभीरता से पागल ना हो जाए। और ओशो ने एक बार कहा था की जीवन को खेल से ज्यादा मत लेना खेल से ज्यादा लिया की चूके। क्योंकि तुम पीछे लौट के देखो जो भी तुम सोचते हो वैसा होता ही नहीं है और जो होता है वह तुम सोचते नहीं हो और जो तुम सोचते हो उसकी आकांक्षा में समय व्यर्थ में गवाते रहते हो।

और जब जिंदगी का आखिरी छोरआता है तब तुम बहुत पछताते हो कि यह मैंने क्या करा अधिकतर लोग लगभग 99% लोग अपनी मौत के समय बड़ा ही पछताते हैं कि इतना बड़ा जीवन इतना खूबसूरत जीवन मैंने व्यर्थ की चीजों में गवा दिया और न जाने उसको ठीक करने के लिए कैसे-कैसे उपाय करता रहा।

लेकिन यह तो ठीक करने के लिए था ही नहीं यह तो जीने के लिए था यह तो आनंद के लिए था अगर मुझे एक मौका और मिले तो मैं इसको अच्छे से जीउंगा। हर मरने वाले की यह कामना होती है कि मुझे एक जीवन और मिले और इसी कारण उसका दूसरा जन्म होता है इसलिए वह बंधनों से मुक्त हो ही नहीं पता है क्योंकि वह एक आकांक्षा के साथ मरता है कि मुझे एक जीवन और मिले ताकि मैं अच्छे से जीऊं।

जैसे तुम कोई गेम में हिस्सा लेते हो या फिर कोई गेम कंप्यूटर में खेलते हो या वास्तविक जीवन में खेलते हो हर गेम में हारने के बाद ऐसा लगता है कि एक मौका और मिले अबकी बार में अपना प्रदर्शन बहुत ही अच्छे से करूंगा, अगर तुमने पहले ही अपना प्रदर्शन अच्छे से करा होता गेम का आनंद लिया होता और गेम में कुशलता दिखाई होती तो दोबारा तुम्हें गेम में आना ही नहीं पड़ता तुम विजय हो चुके होते।

इसलिए जब कोई दुख आए तो ठहर जाओ थोड़ा धैर्य रखो चला जाएगा अगर कोई सुख आए तो भी ठहर जाओ उसमें ज्यादा उलझो मत वह भी चला जाएगा। बीच में रुक जाओ, पल-पल जियो जैसी स्थिति आए उसमें ढल जाओ

और मस्त हो जाओ कि जैसे बस वही है खाना खाओ तो सिर्फ खाना खाओ।

प्रभुपाद जी कहते थे, कि जब मैं बात करता हूं तो सिर्फ बात करता हूं, और जब मैं पानी पीता हूं तो सिर्फ पानी पीता हूं। इसका अर्थ है वह कह रहे हैं जब मैं पानी पीता हूं तो सिर्फ पानी पीता हूं, पानी पीते समय में में कुछ और नहीं सोचता।

एक छोटी सी कहानी और विषय को पूरा करते हैं, एक बार चंदूलाल जहाज पर नौकरी करने के लिए इंटरव्यू देने गया, तो इंटरव्यू में पहला प्रश्न पूछा गया कि चंदूलाल बताओ कि अगर समुद्र में तूफान आ जाए तो तुम क्या करोगे, चंदूलाल बोला कि साहब एक तख्ती लगा दूंगा जिससे बचा जा सके। तो प्रश्न पूछने वाले ने कहा कि चंदूलाल मानलो समुद्र में बहुत तेज तूफान आ गया हो, बिजलियां कड़क रही हो तब तुम क्या करोगे।

चंदूलाल बोला साहब एक तख्ती और लगा दूंगा। वह बोले चंदूलाल तुम समझ नहीं रहे हो तूफान बहुत तेज है समुद्र में गहरा उतार-चढ़ाव, समुद्र के लहरे बहुत ही ऊपर तक जा रही हैं तब तुम क्या करोगे, चंदूलाल बोला साहब एक तख्ती और लगा दूंगा। तो वो बोले अरे तू पहले तो यह बता की इतनी तख्ती लायेगा कहां से, चंदूलाल बोला जहां से तुम यह तूफान लेकर आ रहे हो, क्योंकि मुझे यहां ना कोई तूफान दिखाई दे रहा है और ना कोई तख्ती।

तो इंसान की जो यह कल्पनाएं हैं, वह उसको भूतकाल में और भविष्य काल में उलझा कर रखती है और वर्तमान को उससे दुपकाके रखती है।

इसलिए थोड़ा वर्तमान में जीने का अभ्यास करो और थोड़ा ध्यान करो ताकि विचार शांत किए जा सके। कल्पनाएं थोड़ी सी शांत हो जाएं और तुम वर्तमान का आनंद ले सको ताकि तुम्हें मरते समय पछतावा ना हो। जैसा जीवन जीना था वैसा जिया, अपनी मौज में जिया, कोई समझौता नहीं करा, अपनी आत्मा को बाजार में बेका नहीं। ऐसा कुछ पछतावा तुम्हें मरते समय ना हो और एक अच्छे भाव के साथ तुम मर सको।

।। धन्यवाद।।

परमात्मा की मस्ती

अध्याय 7

प्रेम में बह जाओ

****

तू मुझसे मिलने आ तेरा इंतजार है अब...
तू गीत गा ऐसा नाचू में बहार बन अब...
कुछ ऐसा कर दे अब की दिखाई दे बस तू अब...
भूल ही जाऊं अपने गम को पिला अपने प्रेम की
शराब अब...
ना उम्मीद करू संसार से कुछ,
तू मिला अपने मय अब...

प्रेम बड़ी अद्भुत घटना है, प्रेम पर जितना बोला जाए उतना कम है, प्रेम के विषय में काफी प्राचीन काल से काफी लोगों ने काफी संतों ने काफी वक्ताओं ने काफी लेखक को ने, काफी कुछ लोगों ने बहुत-बहुत कुछ बोला लेकिन फिर भी छोटा ही लगता है क्योंकि प्रेम एक ऐसा विषय है जिसके बारे में बोला नहीं जा सकता और हम पागल हैं जिसके बारे में बोला नहीं जा सकता उसके बारे में ही लिखते हैं उसके बारे में ही बोलते हैं उसके बारे में ही कविताएं लिखते हैं।

क्योंकि यह एक अनुभव है जो संत ने अनुभव करा है, उस अनुभव को प्रकट करना होता है और कोशिश यह रहती है कि यह अनुभव हम आपको दे और आप इस अनुभव को अपने जीवन में उतार सकें और आप भी प्रेम का

आनंद ले सके। क्योंकि असल में जो प्रेम है वह बढ़ि ही अद्भुत घटना के स्वरूप में आता है क्योंकि प्रेम की जो हल्की सी किरण उतरती है वह ओशो बताते हैं वही स्वर्ग है।

और ऐसा कहना ठीक नहीं होगा की प्रेम केवल एक से होता है, क्योंकि अगर भीतर प्रेम है तो वह सबसे ही होगा। प्रकृति से होगा, फूलों से होगा, वृक्षों से होगा, मानव से होगा, प्रत्येक प्राणी से होगा, जो भी प्रकृति में है जो भी ब्रह्मांड में है प्रेम है तो सबसे होगा। सबके देखने के बाद एक नजरिया बनेगा कि हर जगह से फूल झड़ रहे हैं हर जगह से आनंद का झरना फूट रहा है ऐसी घटना अंदर घटेगी क्योंकि सब कुछ एक तरंगे लेबद्ध हो जाएगा।

तुमने देखा कि जब कोई पुरुष किसी महिला को देखता है या कोई महिला पुरुष को देखती हैं। जैसे ही दोनों की आंखों में मिलाप होता है, तो अंदर एक झरना फूटता है कुछ खुशी-खुशी ऐसा लगता है सब कुछ अच्छा-अच्छा हो रहा है सब कुछ अच्छा-अच्छा दिख रहा है और उसके अंदर जो सुंदरता दिखाई देती है। सामने वाले के अंदर वह सुंदरता असल में प्रेम के कारण ही दिखाई देती हैं लेकिन कुछ लोगों के अंदर प्रेम पूरी तरह से मर जाता है तो कोई सुंदर से सुंदर स्त्री में भी उसे बेकार छवि नजर आती है।

लेकिन जैसे ही प्रेम की आंख खुलती है, उसी क्षण संसार में हर तरफ फूल खिलते हुए नजर आते हैं। लैला मजनू को तुम जानते ही होंगे लैला बिल्कुल भी खूबसूरत नहीं थी लेकिन फिर भी मजनू को खूबसूरत दिखाई पड़ती थी। तो एक बार सम्राट ने मजनू को अपने कक्ष में बुलाया और करीब एक दर्जन सुंदर से सुंदर स्त्रियां उसके सामने प्रकट

करी और कहां की मजनू तू अपना समय व्यर्थ मत गवा लैला के पीछे, जाने दे उसे उसमें तुझे क्या दिखाई देता है देख तेरे सामने संसार की सबसे खूबसूरत महिलाएं खड़ी हैं सबसे सुंदर स्त्रियां तेरे सामने हैं इनमें से कोई सी भी पसंद कर और ले जा।

तो मजनू का जवाब बड़ा ही खूबसूरत था, मजनू बोला कि मुझे इन स्त्रियों में लैला तो कहीं भी दिखाई नहीं देती। सम्राट बोला तुझे लैला मैं क्या दिखता है तुझे उसमें सुंदरता कहां से दिखती है मुझे तो संसार की सबसे बसुरत, सबसे खराब, सबसे क्रुप, नारी उसके अंदर दिखाई देती है। फिर मजनू ने बहुत ही सुन्दर उत्तर दिया, मजनू बोला की लैला की सुंदरता देखने के लिए तुम्हें मजनू की आंखें चाहिए होगी।

लेकिन ध्यान रखना प्रेम कोई बंदिश नहीं है कोई बंधन नहीं है कि तुम किसी से प्रेम करते हो और उस पर अपना राज चला रहे हो। प्रेम है तो तुम उसे स्वतंत्रता दोगे, क्योंकि प्रेम गुलामी नहीं चाहता जहां गुलामी होगी वहां प्रेम नहीं होगा वहां प्रेम मर जाएगा वहां पर जबरदस्ती रहना होगा। तुमने देखा कि जब शादी होती है जब विवाह होता है शुरुआती दिनों में उन दोनों के बीच में बड़ा ही प्रेम दिखाई पड़ता है। अचानक क्या हो जाता है कि उन दोनों में झगड़े शुरू हो जाते हैं और काफी शक मिजाज पैदा हो जाता है। इसका कारण यही है कि यह दोनों एक दूसरे को गुलाम बनाना चाहते हैं अपने में ढालना चाहते हैं जैसे वह है वैसा सामने वाले को बनाना चाहते हैं। तुम्हें समझना होगा जैसा सामने वाला है वैसे में पर्याप्त है।

क्योंकि परमात्मा ने उसकी रचना वैसी ही करी है। किसी को अपने जैसा बनना मूर्खता है। तो कुछ दिनों के बाद

उनके बीच में प्रेम नहीं रहता सिर्फ टिकाऊ रिश्ता होता है, फिर प्रेम को प्रकट करना पड़ता है प्रेम दिखता नहीं है प्रेम को प्रकट करना पड़ता है, कैसे? उपहार लेकर आते हैं और बीच-बीच में "मैं तुमसे प्रेम करता हूं, मैं तुमसे प्रेम करती हूं" ऐसे शब्दों का प्रयोग करना पड़ता है।

क्योंकि अगर प्रेम है तो प्रेम अपने में पर्याप्त है प्रेम को किसी उपहार की जरूरत नहीं है और बार-बार जताने की जरूरत नहीं है और बार-बार बताने की जरूरत नहीं है कि मैं तुमसे प्रेम करती हूं या करता हूं। और जिसके अंदर प्रेम के झरने बहने लग गए तो समझना उसके जीवन में परमात्मा प्रकट हो गया। क्योंकि असल में परमात्मा शब्द से ही प्रेम शब्द प्रकट हुआ है, जहां प्रेम है वहीं परमात्मा है जहां परमात्मा है वहीं प्रेम है।

मैंने पीछे कहा कि प्रेम पर्याप्त है, इसका अर्थ है मैं कह रहा हूं की प्रेम की मौजूदगी ही काफी है। जिससे तुम प्रेम करते हो उससे कुछ चाहा नहीं होनी चाहिए, अगर चाहा है तो समझना प्रेम नहीं है और प्रेम है तो चाहा नहीं होगी। जैसा मैंने कहा कि प्रेम की मौजूदगी ही सब कुछ है।

लेकिन ऐसी दृष्टि बनाना काफी कठिन कार्य हैं, लेकिन इतना भी कठिन नहीं है कि तुम कर ना सको। क्योंकि प्रेम तो सबके जीवन में आता है, कभी ना कभी प्रेम के आनंद की वर्षा सबके जीवन में घटती है भले ही कुछ समय के लिए घटती हो कुछ देर के लिए घटती हो लेकिन सबके जीवन में वह प्रेम का झरना जरूर दिखता है क्योंकि परमात्मा सबको एक मौका देते है अपने आप को प्रकट करने का कि तुम मुझे देख सको।

लेकिन तुम उसको बार-बार देख सको बार-बार उसका अनुभव कर सको इसके लिए तुम्हें ध्यान करना होगा, इसके लिए तुम्हें अपने अंदर होश को जगाना होगा अपने बुद्ध को जगाना होगा।

और तुम्हारा होश में जीना होश में आना और वर्तमान में होशपूर्वक जीने से, तुम जीवन को जी सकते हो। जिसके ऊपर हमने पीछे बात करी है, की तुम सिर्फ वर्तमान में जीने से ही अपने होश को जगा सकते हो, और उस विराट के प्रेम का आनंद का अनुभव कर सकते हो।

आज के पति पत्नी ढंग से प्रेम भी नहीं कर पा रहे हैं। उनके लिए प्रेम केवल बच्चे पैदा करना है, लेकिन ध्यान रखना बच्चे पैदा करना संसार का सबसे आसान काम है। तुमने बच्चे पैदा कर लिए इसका अर्थ यह नहीं कि तुमने प्रेम को जान लिया।

बच्चे पैदा करना इतना आसान है कि जैसे घर के बिजली का बल्ब जलाना। और ओशो बताते हैं कि, तुमने बल्ब जला लिया इसका अर्थ यह नहीं कि तुमने बिजली को जान लिया, इस प्रकार बच्चे पैदा कर लिया इसका अर्थ यह नहीं कि तुमने प्रेम को जान लिया, वासना को जान लिया।

थोड़ी प्रेम की खूबसूरती का अनुभव करो थोड़ा अपनी भूख को शांत करो जब तुम एक दूसरे से मिलो तो ऐसे मिलो कि जैसे अंतिम हो। जब प्रेमिका या पत्नी अपने पति से या अपने प्रेमी से मिलने जाए उसके कक्ष में तो इस प्रकार जाए जैसे परमात्मा से मिलने जा रही हूं। और जब पति या प्रेमी अपनी पत्नी या प्रेमिका से मिलने जाए उसके कक्ष में तो इस प्रकार जाए जैसे परमात्मा से मिलने जा रहा हूं।

एक छोटी सी कहानी सुनते हैं और इसके बाद विषय को पूरा करते हैं, चंदूलाल घर से बाहर था उसकी पत्नी घर पर अकेली थी, तो पप्पू की बातचीत उसकी पत्नी से होती थी। तो चंदू लाल की पत्नी ने पप्पू को फोन करके बुलाया कि घर पर कोई नहीं है मौका अच्छा है आप आ जाइए।

तो पप्पू घर पर पहुंचा उसकी पत्नी से मिला, और वह दोनों रमण की क्रिया में उतरे उन दोनों में गहरा प्रेम का रमण चल ही रहा था, कि चंदूलाल आ गया और उनके कमरे की खिड़की से देखा कि कुछ अंदर चल रहा है, तो उसके ध्यान से देखने पर उसको दिखाई पड़ा कि पप्पू अंदर मेरी पत्नी के साथ है, तो चंदुलाल अंदर गया और पप्पू को बोला अरे भाई मेरी तो मजबूरी है इस मुसीबत के साथ रहना। मुझे तो करना पड़ता है, पर तेरी क्या मजबूरी है?

तो तुम प्रेम के बिना अनुभव के साथ अपनी पत्नी या प्रेमिका से मिलोगे तो इसी प्रकार कुछ दिनों बाद वह प्रेम लुप्त हो जाएगा क्योंकि वह प्रेम था ही नहीं। और तुम उससे बोर हो जाओगे।

इसलिए प्रेम ऐसे करो जैसे सामने वाला परमात्मा है। और मैं कह रहा हूं कि सामने वाला परमात्मा है, तो इसे मान मत लेना कि सामने वाला परमात्मा है, नहीं। मैं कह रहा हूं ऐसा नहीं है, सामने वाला परमात्मा है, ऐसा है। तो जो मैं कह रहा हूं, इसका तुम्हें अनुभव करना है खाली मान नहीं लेना है। और अनुभव तुम खुद से ही कर सकते हो। इसलिए प्रेम की आंख खोलो प्रेम में बह जाओ, प्रेम में पूरी तरह डूब जाओ। और अपने आप को परमात्मा को समर्पित कर दो। प्रेम में जियो और प्रेम में ही मर जाओ।

।। धन्यवाद ।।

74

अध्याय 8

राम बने या रावण

****

आज तक चर्चा में रहा है, रावण शक्तिशाली था या फिर राम शक्तिशाली थे, अब तुम कहोगे यह भी कोई पूछने वाली बात है। क्या पागलो वाली बात करते हो हमने तो राम को ही शक्तिशाली माना है। और राम ही शक्तिशाली है, ऐसा नहीं है, यह तुम्हारी मान्यता है क्योंकि तुम भारत में रहते हो। लेकिन रावण को मानने वाले लोग भी हैं, जो रावण की पूजा करते हैं भले ही उसका विनाश हो गया हो लेकिन वहां पर कथाएं कुछ और है। जहां पर रावण को मानते हैं, वहा रावण को शक्तिशाली मानते हैं।

असल में सवाल यह नहीं है की रावण शक्तिशाली था या राम शक्तिशाली थे। अगर इस सवाल के चक्कर में रहोगे तो बड़ी उलझन में पड़ जाओगे, क्योंकि काफी जगह राम की पूजा होती है काफी जगह रावण की पूजा होती है। कहीं पर राम को बड़ा माना जाता है तो कहीं पर रावण को बड़ा माना जाता है।

असल में सवाल कुछ और है, सवाल है कि राम बने या रावण बने, हम अपने अंदर रावण के गुण लेकर आए बहुत सारी शक्ति एकत्रित कर विनाश की ओर लेकर जाएं धरती पर राज करें और सभी प्रकार के भोग भोग कर लास्ट में राम का नाम लेकर मोक्ष को प्राप्त करें।

कुछ गलत तो नहीं कह रहा मैं ऐसा ही हुआ था कि पूरे जीवन में उसने विनाश लीला करी और अंत में कहते हैं कि उसने राम का नाम लिया और उसको मोक्ष की प्राप्ति हुई, या फिर राम के गुण लेकर आए जो पूरे जीवन संघर्ष करते रहे और अंत में कुछ लीला बची तब भी पत्नी को छोड़ा, मतलब पूरा जीवन एक संघर्ष में ही बीता।

तुमने यहां पर एक चीज देखी होगी की राम अगर सत्य के मार्ग पर थे, तो उनकी सेना भी काफी विशाल और काफी मजबूत शक्तिशाली थी। और रावण की तरफ देखें तो उसके पास भी सेना कुछ कम नहीं थी राक्षसों की विनाश लीला करने में पूरी जागरूक राक्षसों की सेना उसके पास थी।

तुम यहां पर एक चीज नोट करो की एक बुराई की तरफ है जिसके पास बहुत लंबी चौड़ी सी सेना है। और एक अच्छाई की तरफ है जिसके पास भी एक लंबी चौड़ी सी सेना है। अभी में बात, जीत और हर की नहीं कर रहा हूं कि कौन जीता कौन हारा या फिर किसकी विजय हुई कौन बछड़ा गया यह सब बातें अभी नहीं कर रहा हूं। दोनों के पास सेना थी, मतलब दोनों ही शक्तिशाली थे।

और अब अपने सवाल पर लौटते हैं कि राम बने या रावण बने। असल में तुम कुछ मत बनो, जो अभी हो उसमें पूरे हो जाओ। इससे हमने यही निकाला की दोनों के पास सेना हे, क्योंकि रावण अगर बुराई का प्रतीक है तो वह अपनी बुराइयों में पूरा था।

मतलब यह नहीं की किसी के कहने पर कुछ कर रहा है और किसी के कहने पर कुछ कर रहा है। उसने बिल्कुल भी ऐसा नहीं करा उसने अंत तक जो लक्ष्य बनाया था जो निर्णय

लेकर वह चला था उसमें वह कायम रहा। उसकी यह चीज बड़ी अच्छी लगी क्योंकि वह अपने में पूरा हो सका तभी उसके पास भी सेना थी, क्योंकि अगर तुम जो काम कर रहे हो अपने में पुरे नहीं हो तुम सब की सुने जा रहे हो और अपने मार्ग से भटके जा रहे हो और कोई कुछ बोल दे तो उस तरफ चल देते हो और कोई कुछ कह दे तो तुम उस तरफ चल देते हो और कोई सामने वाला बता दे कि नहीं उस मार्ग में कठिनाइयां है वह छोड़ो इस तरफ आओ यह अच्छा है, तो तुम उस तरफ चले जाते हो। तो ऐसे भटकाव पैदा होगा जिसके कारण तुम कहीं भी नहीं पहुंच पाओगे ना बुराई के देवता बन पाओगे ना अच्छाई के देवता बन पाओगे कहीं भी नहीं पहुंच पाओगे।

तो जो हो उसमें पूरे हो जाओ। मैं तुमसे यह नहीं कह रहा हूं की किसमें पूरा होना है, तुम अच्छाई में पूरे हो जाओ या बुराई में पूरे हो जाओ। नहीं तुम किसी एक में भी पूरे हो गए तो भी कहीं पहुंच जाओगे। क्योंकि यहां पर सत्य और असत्य दोनों तरफ ही परमात्मा लीला कर रहे है जब वही लीला कर रहा है तो तुम क्यों घबरा रहे हो कि मुझसे पाप हो रहा है, यह हो रहा है, वो हो रहा है, बस अपने विचार में सक्षम रहो। और अगर हो सके तो किसी को दुख मत पहुंचाना।

कबीर कहते हैं दुख मत पहुंचाना, दुख ले लेना। तो कोशिश यह रहे कि किसी को दुख न पहुंचे लेकिन अगर तुम्हारी नियति रावण वाली है तो तुम बिल्कुल भी राम बनने की कोशिश मत करना, वरना बीच में अटक जाओगे। अगर तुम राम बनने की तरफ हो और मेरी बात से प्रभावित होकर रावण बनने की तरफ चले गए तब भी बीच में अटक जाओगे।

इसलिए अगर राम की तरह तुम्हारी नियति है, तो राम बन जाओ और पूरी तरह सत्य के मार्ग पर चलो और जैसा तुम्हें लगता है कि ईमानदारी जो है उसके मार्ग पर तुम चलो। नहीं तो अगर तुम्हारे अंदर रावण वाली कुछ-कुछ झलक है तो बिल्कुल भी अपने आप को चेंज करने का ना सोचो अगर हो सके तो ध्यान में उतरे ध्यान के मार्ग से सत्य की खोज का पता चलेगा।

अगर सत्य के मार्ग पर चलोगे तो तुम गलत कर ही नहीं सकते फिर तुम अच्छाई अच्छाई ऑटोमेटेकली करोगे, फिर तुमसे कुछ गलत होगा ही नहीं। तो इसलिए गलत और सही का निर्णय तुम ना करो क्योंकि परमात्मा जो कर रहा है वही ठीक है चाहे वह गलत करवाये या ठीक करवाये, जैसी उसकी मर्जी।

जब हम कुछ बनने की चेष्टा करते हैं तभी मुसीबत शुरू हो जाती है, वहीं से दुख स्टार्ट हो जाता है वहीं से दुख की शुरुआत होने लगती है। क्योंकि हम जो बनना चाहते हैं, हमने जो कल्पनाएं करी हैं, हमने जो सोचा है, कि हमें डॉक्टर होना है वकील होना है या फिर माता-पिता के दबाव में आकर कुछ फैसला कर लिया कि हमें कुछ और होना है तो तुम पाओगे दुख के सिवा कुछ हाथ में आएगा ही नहीं।

कुछ बनने की चेष्टा मत करो क्योंकि तुम बनकर ही आए हो, जो अंतः कारण सही लगे जिसमें तुम प्रभाह में बह सको वही कार्य कर लो जिसमें तुम्हें आनंद आता हूं। जिसमें तुम्हें लगे कि हां यह मैं पूरे जीवन कर सकता हूं और पूरे आनंद के साथ करूंगा इससे मुझे कोई मूल्य नहीं मिलेगा तब भी मैं करूंगा ऐसा अगर भाव किसी कार्य में है तो उस काम में ऐसे लग जाओ की बस उस कार्य में पूरे बह जाओ।

अगर तुम अपने आनंद वाले काम में पूरे हो गए। जिस काम में आनंद आता है उस काम को ही कर रहे हो भले ही दुनिया कुछ कहती हो कोई किताब कुछ कहती हो या फिर हमारे बड़े कुछ कहते हो।

अगर जिस काम में तुम्हें आनंद आ रहा है उसमें तुम पूरी तरह से अपने आप को समर्पित कर दो तो तुम पाओगे। वहीं से तुम बड़े हो जाओगे, वहीं से तुम पूरे होते नजर आओगे, अधूरा अधूरा जो लगता है, हमेशा सब कुछ पाने के बाद भी कुछ-कुछ खाली जैसा लगता है वह चीज समाप्त हो जाएगी और तुम पूरे पूरे महसूस करोगे अपने आप में जैसा मैंने बताया था। कि रावण भी पूरा था क्योंकि बुराई की तरफ भी सेना थी, अच्छाई की तरफ भी सेना थी। प्रभु ने दोनों तरफ सेना दी थी।

क्योंकि दोनों तरफ सेना होगी तभी खेल आगे बढ़ सकेगा। तुमने कभी देखा हे कि राजा खुद से ही लड़ रहा है, खुद के राज्य में हमला करवा रहा है, खुद के राज्य में ही लूटपाट करवा रहा है। कभी सुना तुमने की कोई अकेले एक ही हाथ से ताली बजा रहा हो, नहीं इसलिए प्रभु जो पूरा हो जाता है उसके साथ हो जाते हैं तभी रावण को मोक्ष मिला। एक कारण तो मुझे यहीं समझ आता है, कि वह पूरा था इस कारण वह मोक्ष के द्वार पर गया इससे हमें यह सिख निकाल लेनी चाहिए।

वह व्यक्ति कहीं नहीं पहुंच पाता जो बाहर से सत्यता दिखाने की कोशिश करें कि मैं राम हूं, मेरे से बड़ा कोई राम नहीं, मेरे से बड़ा कोई ईमानदार नहीं, मैं दुनिया का सबसे बड़ा ईमानदार हूं, कभी झूठ बोलता नहीं, जो बाहर से पूरी तरह यह सब दिखाएं। और अंदर से छोटी-छोटी हरकतें

करता रहे और अंधकार में डूबा हो और बुरे बुरे कार्य करता रहे, रावण जैसी हरकतें करें लेकिन स्वीकार नहीं करता है कि मैं रावण हूं।

बाहर से बोलता है कि मैं राम हूं और रावण वाली हरकत जो करता है वह कहीं नहीं पहुंच पाता। इस कारण उससे प्रभु हमेशा नाराज रहते है। क्योंकि वह अपने को झूठ में रख रहा है। वो अपने को धोखा दे रहा है।

क्योंकि जो परमात्मा ने बनाकर भेजा, उसको जैसे हम पसंद है वह न होकर हम कुछ और होना चाहे तो मलिक को तो अच्छा नहीं लगेगा। इसलिए ऐसे व्यक्ति अपने जीवन में अंततः दुखी ही रहते है। भले ही हर कार्य के लिए वह कितनी ही योजना बना दे, वह देखता है कि मैं हर कार्य में आसफलता प्राप्त कर रहा हूं।

इसलिए जो हो उसमें आनंद लो अपने कार्य से प्रेम करो दूसरे के कार्य को ज्यादा बड़ा मानकर उसमें घुसने का ना सोचो। क्योंकि उसमें जाकर लास्ट में दुख को प्राप्त करोगे। तो तुम उसको बोल दो जैसी तेरी मर्जी तू रावण बनाए तो ठीक, राम बनाए तो ठीक जैसी तेरी मर्जी।

तू कुछ भी बना मैं राजी हु मालिक,
तू चांदनी रात को बिस्तर पे सुला या रोड पे
मैं राजी हु मालिक,
तू राम बना या रावण मैं राजी हु मालिक,
तेरी कृपा से ये मानव तन पाया
बहुत से ज्यादा है मालिक,
जब से आंख खुली हर जगह तुझे पाया
अब मैं राजी हु मालिक,

तू कुछ भी बना मैं राजी हु मालिक,
तू कुछ भी बना मैं राजी हु मालिक ।।।

रोम रोम में ये बात समा जाए, की जैसी तेरी मर्जी जैसा तू बुलवाना चाहे वो बोल दूँ, जैसा तू करवाना चाहे वो कर दूँ, जैसा तू सूचवाना चाहे वो सोच लू हर पल हर कार्य में उसकी याद रहे परमात्मा की याद एक पल भी छूटे नहीं हर पल उसको ध्यान में रखकर तुम अपना कार्य करोगे वह कार्य कभी भीफल हो ही नहीं सकता, वो कार्य तुम्हारा सफलता की ओर अवश्य जाएगा जो उसको ध्यान में रखकर करा जाए। मेरी बात को पुरा सुनने के लिए पढ़ने के लिए बहुत बहुत धन्यवाद।

।।धन्यवाद।।

अध्याय 9

रचो अपना भाग्य

****

एक बार ओशो ने कहा था, *"जब किस्मत साथ ना दे तो समझ लेना आपकी मेहनत साथ देगी।"*

तुमने काफी लोगों के मुंह से कहता सुना होगा कि मेरी किस्मत में नहीं था, तो मुझे नहीं मिला, अगर मेरी किस्मत में होता तो मुझे मिल जाता। ये लोग बात तो बिलकुल ठीक कर रहे हैं लेकिन समझने में भूल कर रहे हैं।

जो लोग ऐसा कहते हैं की किस्मत से ही सब कुछ होता है तो मैं उनको बताना चाहूंगा कि तुम अभी मनुष्य की रचना से भली भांति वंचित हो। जिसने भी जाना है उसने मनुष्य के ऊपर इतना कहा है, कि मनुष्य अपने को खुद रच सकता है।

इसको ऐसे समझ ले कि मनुष्य एक पद है और यह पद ऐसा है कि इससे आप ओर ऊपर भी जा सकते हो और नीचे भी जा सकते हो। इससे ऊपर तो इतना जा सकते हो कि, तुम भगवान बन सकते हो। और अगर निर्दयता में महारत हासिल करी तो तुम हिटलर बन सकते हो।

इसलिए महावीर कहते थे, कि मनुष्य होना बड़ा ही मुश्किल से घटता है। इसलिए यह अवसर चूक न जाए। मनुष्य जिस पद की मैंने बात करी ऊपर, वह पद परीक्षा का होता है, जैसे तुम कभी ना कभी तो विद्यार्थी रहे ही होंगे।

आपने विद्यार्थी होने पर इतना तो जाना होगा कि हर वर्ष एक नई परीक्षा होती है। वह परीक्षा असल में आपको ऊपर भेजने के लिए होती है। उस परीक्षा का काम केवल इतना होता है कि वह आपको चुन ले कि आप ऊपर जाने के लायक हैं या फिर अभी नीचे जाने के लायक हैं।

तो जिस परीक्षा की मैं बात कर रहा हूं वह परीक्षा मनुष्य होना अपने आप में ही एक भावार्थ है। इसलिए अगर तुम थोड़ा सा अभ्यास करो इसके ऊपर तो तुम जो चाहो वैसे हो सकते हो। जैसा सोचोगे वैसा हो जाएगा क्योंकि यहां की नियती ही इस प्रकार काम करती है। प्रभु के द्वारा प्रकृति में जो गुण डाले गए हैं वह गुण असल में इसी प्रकार काम करते हैं कि मनुष्य जैसा मस्तिष्क में सोचेगा जैसी कल्पनाएं करेगा उसके आसपास का वातावरण बिल्कुल वैसे ही क्रिएट कर दिया जाएगा।

थोड़ा सा तुम अपने पीछे जीवन में जाओ या फिर अभी वर्तमान में ही देखो। अगर तुम कोई सब्जी का ठेला लगाते हो और तुम्हारा काम मंदा चल रहा है तो तुम अपने आसपास का वातावरण देखोगे कि सबका ही मंदा चल रहा है।

अब सबका मंदा चल रहा है ऐसा नहीं है। आपका मंदा चल रहा है ऐसा है, तभी आपको सबका काम मंदा चलाता दिखाई पड़ रहा है। या फिर अचानक तुम्हें कहीं से बहुत ज्यादा प्रॉफिट हो जाता है। तो तुम्हारे मस्तिष्क में सब कुछ एक नया-नया हरा भरा या फिर एक खुशियों का दौर आ गया हो सब कुछ अच्छा अच्छा लगता है। और फिर तुम पाते हो कि तुम्हारे आसपास का वातावरण बिल्कुल वैसे ही हो गया है। वह असल में प्रकृति के द्वारा जैसा मस्तिष्क में

तुम्हारे खुशियों का दौर आया है वैसा ही बाहर क्रिएट कर दिया गया है।

भारत के उत्तर प्रदेश राज्य में वृंदावन नामक एक तीर्थ है। जहां बड़े ही अनुभभी एक संत हैं, प्रेमानंद महाराज जी उनके मुख से अक्सर यह सुनने को मिलता है कि वह अपने प्रवचन के दौरान कहते हैं कि मनुष्य चाहे तो जो रच ले, मनुष्य चाहे तो पशु योनि को फिर से रच ले या देवता योनि को रच ले या उससे ऊपर भी अपने भाग्य को रच ले।

क्योंकि मनुष्य के पास शांति है। वह चाहे तो अपनी शांति को उपलब्ध होकर जो मर्जी रच सकता है। लेकिन ध्यान रखना कि तुम्हारा चित्त एकदम शांत होना चाहिए तुम एकदम पानी की तरह होने चाहिए शीतल सरल और जहाज इसके ऊपर पहले हम चर्चा कर चुके हैं।

बुद्ध भी अक्सर कहते थे कि तुम मनुष्य ऐसे ही नहीं हो गए हो, बहुत बडा कारण रहा होगा किसी जन्म का तब जाकर तुम मनुष्य हुए हो। बुद्ध के पास एक राजा आया गौतम बुद्ध से बोला कि है महात्मा मैं वैसे तो बड़ा ही भोगी हूं भोग विलास में लगा रहता हूं मदिरा पान करना ना जाने कैसी-कैसी भोग की लीला करना हर प्रकार के शॉक पूरे करना।

लेकिन अचानक कल रात एक स्वपन आया और मैंने अपने आप से पूछा कि मैं मनुष्य हूं और मैं बाकी जीव जंतुओं पशुओं को देखता हूं वह बड़े ही दर्दनाक तरीके से जीवन जीते हैं, तो वह इतने संकट में और मैं इतना सुखी कैसे। हम दोनों के बीच में इतना बड़ा भेद, न जाने यह कैसे हो रहा है, और अकारण ही है। महात्मा मैं तीन रात से ढंग से सोया नहीं हूं, मेरे मस्तिष्क में एक ही विचार चल रहा है

कि आकारण ही में मनुष्य बना और यह अकारण हीं मेरे को सुख सुविधा मिल रही है क्या इसके पीछे कोई कारण ना रहा होगा।

बुद्ध मोन हुए फिर थोड़ी देर बाद बोले हे राजन कुछ भी आकारण नहीं घटता। तुम भूल गए हो अपना जन्म बस इतना हुआ है, तुम्हें कोई याद दिला दे तुम फिर से जाग जाओगे।

बुद्ध ने कहा कि एक बार जंगल में आग लगी थी, सारे पशु पक्षियां जानवर सब अपनी जान बचाने को भाग रहे थे, तुम भी उस वक्त हाथी के रूप में थे, तुम भी अपनी जान बचाने को भाग रहे थे। अचानक तुम्हें थकान महसूस होने लगी और तुम एक पेड़ के नीचे आराम करने लगे उसी समय तुम्हारे पैर में खुजली होने लगी तभी तुमने उस कारण अपने पैर को उठाया और उसी क्षण एक खरगोश तुम्हारे पैर के नीचे आकर विश्राम करने लगा, और तभी तुम्हारे पैर की खुजली हटी और तुम पैर नीचे रखने ही वाले थे कि तुमने देखा कि तुम्हारे पैर के नीचे खरगोश आया है, और बड़े ही शांत भाव से विश्राम करने लग रहा है, और तुमने दया दिखाई और अपने मन में कहा की जैसे मैं थक गया हूं विश्राम करने लग गया हूं वैसे ही यह खरगोश भी अपनी जान बचाने को भाग रहा है और थक गया है यहां पर आराम कर रहा है तो मैं इसकी जान क्यों लूं। और तुम्हारा पैर ऐसे ही ऊपर अवस्था में रहा और खरगोश अपनी जान बचाकर वहां से चला गया।

तभी तुम्हारा पैर अकड़ गया था जिसके कारण तुम चल नहीं पाए और नीचे गिर गए, जंगल की आग बड़ी और तुम उसमें मर गए। उस बीच तुम मृत्यु को प्राप्त हुए। लेकिन वह

मृत्यु तुम्हारी शांति की थी, मरते वक्त तुम्हारे चेहरे पर अलग सी शांति थी कि चलो कोई नहीं में मर रहा हूं ठीक है लेकिन मैंने उस खरगोश को नहीं मरने दिया।

बुद्ध ने कहा कि तुम उस दया के कारण ही आज मनुष्य हुए हो, अब इस मनुष्य जीवन को ऐसे ही गवाओ मत इसका लाभ उठाओ आनंद से भर जाओ और परमात्मा हो जाओ। इतना सुन वो बुद्ध के चरणों में गिरा और बुध का संयासी बना।

यहां पर एक चीज और देख लेना मनुष्य जीवन मुश्किल से घटता है यह तो सिद्ध हो ही गया और साथ ही जो लोग कहते हैं कि हम बुरे कर्म करेंगे तो बाद में हमें जानवर बनाया जाएगा। यहां पर यह चीज भी समझ लेना कि, अगर तुम दया के कारण मनुष्य बनाए गए हो तो तुम्हारे कुरूपत के कारण, तुम्हारे क्रोध के कारण तुम्हें जानवर भी बनाया जाएगा यह तो सीधा सा गणित है। अगर दया होगी तो तुम्हारे कर्म अच्छे होंगे और उन कर्मों को करने का कोई भी "मैं" भाव नहीं रहेगा, तो तुम यहीं रहते रहते मोक्ष को उपलब्ध हो जाओगे।

बाद में तुम्हें जानवर बनाया जाएगा यह तो बात की बात है तुम यहीं पर थोड़ा सा जीवन में लौट कर देखो। जब तुम क्रोध से भरते हो तो तुम्हारे अंदर एक जलन पैदा होती है एक पशुता आ जाती है तुम कुछ भी करने को तैयार हो जाते हो किसी का भी गला काटने को तैयार हो जाते हो किसी को भी गाली देने को तैयार हो जाते हो कुछ भी करने को तैयार हो जाते हो और वाणी में एकदम गंदगी भर लेते हो।

फिर तुम अंदर ही अंदर पाते हो कि यह सब में क्या कर रहा हूं, यह तो मेरे लक्षण नहीं, यह तो मैं हूँ ही नहीं यह तो कोई और है, और तुम अंदर ही अंदर एक अलग सी दुनिया को बना लेते हो जिसमे तुम अकेले-अकेले घुटते रहते हो मारते रहते हो और अपने आप को हजारों गालियां स्वयं ही बकते रहते हो कि यह सब मैंने क्या करा तुम एक नरक की रचना कर लेते हो।

अब तुम मुझे बताओ कि अगर तुम ऐसी अवस्था में मरोगे, क्रोध से भरी हुई दुनिया में मरोगे, अगर तुम्हारे विचार इतनी गंदगी के साथ है और तुम ऐसी ही गंदगी भरी वाणी गंदे गंदे विचारों के साथ मारोगे। तो क्या तुम्हें कोई परमात्मा के द्वार परमधाम लेकर जाएगा। थोड़ा विचार करना इन शब्दों पर इसको ऐसे ही जाने मत देना इतनी आसानी से छोड़ मत देना, ये बहुमूल्य है। तुम्हें याद दिला देंगे, तुम्हारे सारे जन्मों को जिसके कारण तुम बहुत बहुत बार यंहा आ चुके हो।

यह सीधा सा गणित है अगर तुम ऐसी ही अवस्था में मारोगे तो जानवर की योनि में तो जाना ही पड़ेगा क्योंकि जिस आकांक्षा, जिस इच्छा, जिस अवस्था में, जैसे विचारों के साथ मरते हैं वैसा ही पुनर्जन्म होता है जिसने जाना उसने ऐसा ही कहा।

जीवन में थोड़ा दया भाव रहना जरूरी है क्योंकि हमें यह सोचना चाहिए। यहां पर कुछ भी सदैव नहीं है अगर हमने छल कपट करके कुछ प्राप्त कर भी लीया। तो जो प्राप्त करा उसके ऊपर थोड़ा विचार करना कि यह कब तक रहेगा क्योंकि उसका अंत तो होगा ही। मान लो 10,000 रुपय चुरा भी लिए तो उन ₹10,000 को हम पूरे जीवन भर

या जीवन के बाद तक तो लेकर नहीं जा सकते। कभी ना कभी तो उसका अंत होगा ही और जब अंत होगा हीं तो उस ₹10,000 के लिए हम पाप की रचना क्यों करें, क्यों ना उसको छोड़ दें।

अगर मान लो बिना कुछ करे हमें फायदा हो रहा है। लेकिन अंदर से हमें पता है कि हमारे कुछ ना कुछ चालाकी करने के बाद ही फायदा होगा। तो उस चालाकी को हम वहां पर नहीं कर सकते हैं, अगर वहां से उस चालाकी से बचा जा सकता है, तो पूरा-पूरा अभ्यास करें कि उससे बच सके क्योंकि वह चलाकी बड़ी भारी पड़ेगी।

क्योंकि यहां पर प्रकृति सब कुछ हजार गुना करके लौटाती है। अगर किसी के ₹100 लिए हैं तो 2000 निकलेंगे, अगर किसी को ₹100 दिए हैं तो 2000 का फायदा होगा यह प्रकृति का नियम है। सीधा सा गणित है कि यहां पर जो भी देते हैं वह हजार गुना बनकर लौटता है। तुम किसी को सुख देते हो तो वह सुख हजार गुना बनकर तुम्हरे पास लौटता है और अगर किसी को दुख देते हो तो वह दुख भी हजार गुना बनकर लौटता है।

तो अपने सारे कार्य को सारे कर्मों को होशपूर्वक करें और "मैं" भाव हटाकर करें। और जो भी करना चाहते हैं उस पर थोड़ा ध्यान देना कि उस कार्य से किसी को दुख न पहुंचे और करते चले जाना। फिर तुम पाओगे जो चाहते थे वही होगा। इसलिए तुम अपना भाग्य स्वयं रचो, अब तुम्हें कहां जाना है कैसे जाना है क्या बनना है कैसे बनना है और कौन-कौन सी उपलब्धियां हासिल करनी है। आज से ही अपनी रचना करना शुरू करो, प्रार्थना में उतरो, ध्यान में उतरो, आसपास हो रही घटनाओं को ध्यानपूर्वक देखो समझो और

आगे बढ़ो। आपने मुझे सुना पढ़ा उसके लिए धन्यवाद। ।। धन्यवाद ।।

परमात्मा की मस्ती

परमात्मा की मस्ती

अध्याय 10

अंधकार से प्रकाश के दर्शन

****

एक छोटी सी कहानी से शुरू करता हूं, एक अंधी स्त्री नदी किनारे खड़ी थी, वह राहा देख रही थी की कोई आए और मुझे नदी पार करवा दें, तभी एक पुरुष वहां आया और धीरे से उसके कंधे के उपर हाथ रखा और कहा क्या हम साथ में नदी पार कर सकते हैं, तो उसने कहा आईऐ मैं कब से प्रतीक्षा कर ही रही थी तो दोनों ने मिलकर नदी को पार किया।

अब स्त्री बोली आपका बहुत-बहुत धन्यवाद आपने मुझे नदी पार कराई, अब पुरुष थोड़ा घबराया अरे नहीं नहीं धन्यवाद तो मुझे बोलना चाहिए, आपका बहुत-बहुत धन्यवाद कि आपने मुझे नदी पार कराई मैं तो अंधा हूं। अब वह दोनों घबराए लेकिन नदी तो पार कर चुके थे।

यहां पर कुछ-कुछ ऐसा ही है इसलिए हमारे जीवन में प्रकाश का होना संभव नहीं हो पा रहा है। यहां एक अंधा दूसरे अंधे से रास्ता मांग रहा है। और मजे की बात तो यह है कि जो अभी रास्ता बता रहा है उसे भी रास्ता नहीं पता वह भी रास्ते को तलास कर रहा है। पूछने वाले के माध्यम से की चलो मैं भी पहुंच जाऊं। यहां बहुत अंधों की भीड़ है जो एक दूसरे के पीछे लगे हुए हैं।

मैं कह रहा हूं कि आपको आपका रास्ता स्वयं खोजना होगा। अब यहां पर सवाल यह उठेगा की कौन से प्रकाश

को खोजना है और कौन से अंधकार में हैं। क्योंकि अभी तो हमें पता ही नहीं है कि हम अंधकार में भी हैं।

अंधकार है तुम्हारी कल्पनाओं में जीना, प्रकाश है तुम्हारा वर्तमान में जागकर होसपूर्वक जीना।

वर्तमान में जीने का अर्थ है "अभी" और जो भी तुम्हारे कार्य हो अभी के हो, जो भी तुम्हारी कल्पना हो अभी की हो, जो भी तुम्हारे हृदय में विचार उठे वह अभी के हो, अभी करने के लिए हो, तुम्हारा "अभी" मैं जीना ही तुम्हें प्रकाश की तरफ लेकर जाएगा। क्योंकि परमात्मा अभी है, और इसी समय है। ना कल था, ना कल होगा वह आज ही है और अभी ही है।

लेकिन हम उलझे रहते हैं अपने उस बीते हुए कल को लेकर, जो कि समय का वह कल था जो बीत गया। जो की पुस्तक का वह पन्ना था जो कि हम पढ़ चुके अब उस पर दोबारा वापस लौटने की क्या जरूरत है, एक बार पढ़ चुके तो पढ़ चुके उसे छोड़ो अब उसे जाने दो उसे अब विदा दो। कभी आप कोई फिल्म देखते हो, जो एक बार सीन दिखा दिया जाता है वह पूरी पिक्चर में कहीं पर भी दोबारा वह सीन नहीं दिखाया जाता एक बार जो रोल हो गया हो गया अब वह उस फिल्म में उस डायलॉग को उस रोल को दोबारा नहीं बोलेगा।

क्योंकि उसको फिल्म पूरी करनी है, आगे उसको और डायलॉग बोलने हैं और रोल निभाने हैं और भी बहुत कुछ उसके अंदर करना है।

और एक हम उलझे रहते हैं आने वाले कल में जो कि हमें पता ही नहीं है कि क्या होने वाला है। तुम पीछे जाकर

लौट कर देखो, तुम अपने जीवन में जो भी सोचते हो उसमें से 90% तो सब कुछ व्यर्थ होता है, 90 प्रतिशत तो में कम बोल रहा हूं 99% हमारा सोचा हुआ होता ही नहीं है, बल्कि कुछ और ही होता है।

और असल जिंदगी को छोड़ो तुम कोई फिल्म देख रहें हो उसमें कुछ अंदाजा लगाते हो तो वह अंदाजा भी तुम्हारा 99% गलत जाता है। तुम कुछ और चाह रहे होते हो, उसके अंदर होता कुछ और है।

जब कुछ और ही होना है सब कुछ परमात्मा की मर्जी से ही होना है तो तुम व्यर्थ में क्यों बीच में आ रहे हो क्यों अपना समय गवा रहे हो। वर्तमान में जिओगे तो तुम अपने समय का पूरा-पूरा लाभ ले सकोगे वरना अंत में पाओगे कि तुमने अपना समय व्यर्थ ही गवाया पूरी जिंदगी चली गई, जिया तो मैं हूं ही नहीं। कभी मेरे जीवन में कोई प्रकाश तो आया ही नहीं मैं तो अंधकार में ही रहा, अपनी कल्पनाओं में ही उलझा रहा जो कि कभी पूरी हुई ही नहीं। तो आखिर मैंने धरती पर आकर किया क्या?

व्यर्थ जिया व्यर्थ मरा तुम बिल्कुल बेचैन होकर यहां से जाओगे, क्या तुम चाहते हो कि तुम ऐसे मरो।

इसलिए थोड़ा वर्तमान में आओ जो है उसको ध्यान पूर्वक देखो और उसमें जियो। वर्तमान में यह हरियाली वृक्षों को देखो, वर्तमान में यह पक्षी गीत गाते हुए कितने प्यारे लगते हैं इनको देखो, आपके साथ जीवन में हो रही घटनाओं को सिर्फ देखो, और तुम सिर्फ देखने वाले बन जाओ मौन हो जाओ बीच में मत आओ सिर्फ मौन होकर देखते रहो होने वाली चीजों को सिर्फ देखते रहो।

और तुम्हारे देखने देखने में तुम एक दिन पाओगे कि दिखाने वाला मिल गया। तुमने बचपन देखा, तुमने लड़कपन देखा, तुमने जवानी देखी, तुमने बुढ़ापा देखा, तुमने सब कुछ देखा, अब यह सब होता किसने देखा, उसको देखना है, जिसने देखा वही परमात्मा है वही तुम हो, वही प्रकाश है।

क्योंकि जीवन एक रहस्य है, इसको जितना खोजोगे खोजते रह जाओगे इसको खोजते रहो खोजते रहो और खोजते खोजते तुम खो जाओ, और जैसे ही तुम खोए वैसे ही खोजने वाला मिल जाएगा। अब बोलो परमात्मा को...

में अंधकार हूं तू प्रकाश है,
तू पानी है मुझे लगी प्यास है,
अब डरता नहीं किसी से क्योंकि
तू मेरे पास है,
में मिट जाऊं बस तेरा ही एहसाश है,
अब ना भटकू भटकाने से क्योंकि
तेरा मुझपर हाथ है,
पंछी गीत गाए तेरी ही आवाज है,
में दिए का तेल तू जलती ज्वाला की आग है,
अब में थक गया बस अब तू ही मेरी आश है,
अब दिखा अपना प्रकाश क्योंकि तू ही दीए और
बाती का मिलाप है,
में अंधकार हूं तू प्रकाश है,
में अंधकार हूं तू प्रकाश है ////

हृदय के रोम रोम में परमात्मा को पुकारने की प्रार्थना सदैव भाव बनकर रहनी चाहिए। परमात्मा का प्रकाश अब

इसको उल्टा मत ले लेना कहीं तुम दूर खोजने निकल जाओ यह तुम्हारे पास ही है तुम्हारा ही है।

एक गांव में बड़ा ही प्रसिद्ध मूर्तिकार था तो गांव वालों ने सोचा कि चलो उसको मूर्ति बनाते देखने चलते हैं, तो वह सब वहां पहुंचे और देखा कि वह तो ऐसा कुछ भी नहीं कर रहा है, वह तो बस पत्थरों को छेनी हथोड़ा लेकर तोड़ रहा है।

तो वो सब लोग उसको बोले भाई तुम यह क्या कर रहे हो हम तो तुम्हें मूर्ति बनाते देखे, इस आकांक्षा से आए थे। उसने कहा तुम्हें किसने कहा कि मैं मूर्ति बनाता हूं मैं तो केवल पत्थरों को तोड़ता हूं, पत्थर के अंदर मूर्ति पहले से ही है, मैं तो बस जो उसके ऊपर व्यर्थ का पत्थर लगा हुआ है उसको बस हटाता हूं।

इसी प्रकार प्रेम के प्रकाश को कहीं बाहर नहीं खोजना है वह तुम्हारे भीतर ही है बस बाहर जो तुम्हारे अहंकार की लेप लगी हुई है उसको हटाना है। तुम्हारा अहंकार ही तुम्हें अंधकार की तरफ इतनी गहनता से लेकर जा रहा है, इतनी गहनता से लेकर जा रहा है कि तुम अंत में पाओगे कि अंधकार के सिवा कुछ और है ही नहीं और तुम व्यर्थ की चिंताओं से कभी मुक्त हो ही नहीं पाओगे।

मजे की बात तो यह है कि किसी को पता ही नहीं चलता कि मेरे में अहंकार है। अभी तुम किसी से पूछो तो वह बोलेगा मेरे में अहंकार है यह तुम्हें किसने कह दिया मेरे से सच्चा सत्यवादी दूसरा ढूंढने से ना मिलेगा।

नहीं तो दूसरे वह सात्विक लोग तुम्हें यह कहते दिखाई देंगे कि मेरे से बड़ा पापी मेरे से बड़ा अहंकारी दुनिया में

खोजने से नहीं मिलेगा, इसमें भी "बड़ा" मतलब अहंकार जताना है। मेरे से बड़ा अहंकार किसी में नहीं, यह भी तो अहंकार ही हुआ।

यह संसार झूठ की नींव पर टिका हुआ है, ओशो ने एक बार कहा था, अगर मनुष्य सिर्फ 24 घंटे, सिर्फ 24 घंटे सत्य बोले, सिर्फ सच्चा सच्चा बोले। पत्नी पति से सच्चा सच्चा बोल दे, पति पत्नी से सच्चा सच्चा बोल दे, बच्चे मां-बाप से और मां-बाप बच्चों से सच्चा सच्चा बोल दें, और मित्र अपने मित्र से सच्चा सच्चा बोल दे, तो सुनकर हैरान होंगे की संसार से सारे रिश्ते सिर्फ 24 घंटे में टूट जाएंगे।

इसलिए संतों ने मोन को बड़ा ही अच्छा हथियार बताया मुक्त होने का। कि अगर सत्य ना बोल पाओ तो मौन हो जाओ जो सत्य घटे उसको भीतर में घटने दो किसी को सत्य मत बोल देना वह बिखर जाएगा टूट जाएगा उसके सारे रिश्ते टूट जाएंगे इसलिए सत्य को हर जगह नहीं बोलना।

इसलिए सत्य को इनडायरेक्ट बोला गया। शास्त्रों के माध्यम से, कहानियों के माध्यम से, कथाओं के माध्यम से, लेकिन आज वह माध्यम सत्य दिखाई पड़ता है असल में सत्य उसके पीछे छुपा प्रकाश है उसके पीछे छुपा एक ऐसा हिंट है, जो उस बात का सूचक है कि तुम्हें पहुंचना कहीं और है। चुकी सत्य को एकदम से सामने प्रकट करना हानि पहुंचाने जितना था इसलिए शास्त्रों के अंदर इसारों के माध्यम से बोला गया।

अब तुमने सब कुछ करके देख लिया। अब यह भी थोड़ा करके देखो कि तुम कुछ समय के लिए मौन हो जाओ। कुछ समय के लिए तुम किसी गलत बात का उत्तर ना दो। जो तुम्हें जरूरी लगे वही बोलो, इस वक्त अपने

शब्दों का चयन करने से बेहतर नहीं बोलना उचित है। कुछ काल के लिए एकांत हो जाओ।

सिर्फ अपने को सुनो अपनी हर एक हरकत पर नजर रखो, क्या हो रहा है, कैसे हो रहा है, क्यों हो रहा है, खाते पीते सांस लेते बस यही करो तो तुम एक ऐसी घटना तक पहुंचोगे जो अदृश्य होगी फिर धीरे-धीरे तुम्हें आनंद स्वरूप परमात्मा स्वरुप उस प्रकाश के दर्शन होंगे।

फिर तुम्हें असल में जो सही और गलत है वह तुम्हें दिख जाएगा। तुम्हारी अंधकार से प्रकाश की ओर की यात्रा मंगलमय हो इसके लिए तुम्हें बहुत-बहुत शुभकामनाएं यह चर्चा यही समाप्त करते है।

।। धन्यवाद ।।

परमात्मा की मस्ती

अध्याय 11

आम खट्टे है... स्वीकार करो

****

आम खट्टे है ये मालूम पड़ता है,
जब तक न पता तेरा सब अपना सा लगता है,
जिन्दगी बीत रही धीरे धीरे
तू अब भी दूर लगता है,
में तूझसे प्रेम करता हूं तू क्यों नही समझता है,
तेरी ही आहट तेरा ही सोरगुल
ये तेरा ही खेल लगता हैं,
आम खट्टे है ये मालूम पड़ता है।।।।

इन पंक्तियों में कुछ रहस्य छुपा हुआ है उसे एक घटना से समझते हैं। मैं किसी कंपनी में कर्मचारी हुआ करीबन एक महीना मैंने उसमें काम किया होगा। तो वहां पर जो काम करवाने वाला होता था, वह अक्सर मुझे कम मेहनत वाले काम दिया करता था, अचानक उसने मुझे एक बार बहुत मेहनत वाला काम दे दिया। तो उस काम को भी मैंने वैसे ही स्वीकार करा जैसे मैं पहले कम मेहनत वाले काम को स्वीकार करता था।

उसको कुछ यह उम्मीद थी कि सुभाष मुझे बोलेगा कि यह तुमने मुझे इतनी मेहनत वाला काम एकदम से क्यों दे दिया, लेकिन मैंने उसकी उम्मीदों पर पानी फेर दिया और काम करता रहा। अचानक वह काम को ओर बढ़ाकर मुझे

देने लगा, मतलब उसमें ज्यादा मेहनत लगाने वाला काम वह मुझे देने लगा, लेकिन मेरे चेहरे पर फर्क ना देखकर वह थोड़ा परेशान हुआ। फिर वह मेरे पास आया और बोला सुभाष पहले तुझे में कम मेहनत वाला काम देता था आज ज्यादा मेहनत वाला काम दे रहा हूं तुझे इससे कोई फर्क नहीं पड़ता।

मैंने कहा मुझे कोई फर्क नहीं पड़ता उसने बोला इसका कारण क्या है, मैंने कहा कि मुझे मालूम पड़ गया है कि आम खट्टे हैं, इतना कहकर मैं वहां से निकल गया और अपने काम में लग गया, लेकिन वह बड़ी उलझन में पड़ गया। वह दो-चार दिन रुक कर मेरे पास आया और बोला कि मुझे दो-चार दिन से नींद नहीं आ रही है तेरे इस जवाब ने मुझे पूरा घुमा दिया है इसका अर्थ क्या है, तूने बोला क्या मुझे तो मतलब ही समझ नहीं आया।

मैंने आपसे कहा था कि आम खट्टे हैं, और जब मालूम पड़ ही गया है कि आम खट्टे हैं तो फिर बीच में कभी-कभी मीठा आम निकलने पर मैं ज्यादा फूलता नहीं हूं क्योंकि मुझे पता है अधिकतर आम खट्टे ही मिलने हैं।

आम खट्टे हैं इसका अर्थ है मैं आपसे कह रहा हूं कि संसार में अधिकतर दुख ही समाया हुआ है। क्योंकि आपने देखा होगा कि आप हंसते-हंसते एकदम से रुक जाते हैं लेकिन रोते-रोते एकदम से नहीं रुक पाते, रोती हुई अवस्था को एकदम से विराम नहीं मिलता धीरे-धीरे धीरे-धीरे रुक जाता है लेकिन हंसता हुआ चेहरा एकदम से रुक सकता है, इसलिए आप मुझे ज्यादा मेहनत वाला काम दें या फिर कम मेहनत वाला काम दे मुझे इससे नहीं फर्क पड़ता मुझे काम करना है केवल इतना ही मेरे लिए पर्याप्त है।

और जब आप स्वीकार कर लोगे कि आम खट्टे ही हैं तो मेरा विश्वास मानो वह आम खट्टे नहीं रहेंगे फिर उनमें भी स्वाद आना शुरू हो जाएगा। अब अगर मैं यह कह रहा हूं कि संसार में सिर्फ दुख ही दुख है तो इसका मतलब मैं यह नहीं कह रहा हूं कि अब आप रोने लग जाओ, बस दुखी दुख है।

इसको समझ लो मान लो जान लो ऐसा नहीं कह रहा हूं। मैं कह रहा हूं कि बस देखते रहो जो भी हो रहा है, अगर कोई दुख वाली घटना सामने आती है तो उसको पूर्ण रूप से स्वीकार कर लो अगर कोई सुख वाली अवस्था सामने आती है तो उसको भी पूर्ण रूप से स्वीकार कर लो क्योंकि स्वीकार करने में केवल इतना ही होगा कि जो समय पर घटना आ रही है आप उसको ऐसे समझोगे कि यह सिर्फ आई और चली भी जाएगी क्योंकि जो आता है वह तो जाएगा ही।

भाई जीवन में जो भी समय आया क्या वह टीका, अपने पीछे जीवन में लौट कर देखो जो भी तुम्हारे साथ स्थिति आती है, क्या वह टिकती है? मुझे बताओ कि आज तुमने कुछ एक-दो करोड रुपए कमाए क्या वह ठीके रहेंगे या फिर आज तुमने एक-दो करोड़ की हानि करी क्या वह जीवन भर हानी रहेगी, क्या फिर उसके बाद कभी लाभ नहीं होगा।

नहीं ऐसा नहीं होगा, क्योंकि यहां पर कुछ भी टिकता ही नहीं है, क्योंकि यहां पर स्थिरता है ही नहीं। क्योंकि यहां पर परिवर्तन होता रहता है परिवर्तनशील पृथ्वी है यह, यहां पर परिवर्तन ना हो ऐसा हो ही नहीं सकता। क्योंकि पृथ्वी

परिवर्तन से ही निकली है, अगर आप गौर से देखोगे तो यहां पर प्रति सेकंड परिवर्तन हो रहा है।

मनोवैज्ञानिक तो कहते भी हैं कि प्रति सेकंड शरीर बदल रहा है, जो आप 1 मिनट पहले थे वह अब नहीं है और जो अभी हैं वह 1 मिनट बाद नहीं होंगे 1 मिनट बाद आप दूसरे होंगे लेकिन यह घटना इतनी सूक्ष्म घटना में घटती है कि उसको देखना बहुत ही मुश्किल है।

लेकिन तुमने देखा दुख में एक रस तो है। जब दुख आता है तो तुम एक वैराग्य से भर जाते हो, कुछ भी करने का मन नहीं होता कुछ भी खाने का मन नहीं होता किसी से भी बात करने का मन नहीं होता बस एकांत में बैठे रहो, रोते रहो, आंसू बहरे हैं शरीर की क्रियाएं अपने आप काम कर रही है हवाई चल रही हैं पक्षी गीत गा रहे हैं तुम गुमसुम गुमसुम बैठे हो लोग तुम्हें पुकार रहे हैं लेकिन तुम अनदेखा कर रहे हो तुम अपने में हो उस वक्त इतनी कमाल की घटना घटती है कि तुम उस वक्त अपने में होते हो और थोड़ी सी दिशा चेंज कर दी जाए तो तुम उसी क्षण आनंद के दर्शन कर सकते हो।

लेकिन प्रकृति को बर्दाश्त नहीं होता कि कोई वैराग्य से भरा हुआ है नहीं तो प्रकृति के राज खुल जाएंगे प्रकृति फिर आगे नहीं बढ़ पाएगी। क्योंकि सृष्टि को आगे बढ़ाने के लिए बच्चे पैदा होना, संसार का चलना, यह सब होना जरूरी है प्रकृति को तुमसे काम निकलवाना है इसलिए तुम्हें ज्यादा वैराग्य वह दे ही नहीं सकती फिर वह एक माया क्रिएट करती है।

लोग तुम्हें मनाने आते हैं तुम नहीं मानते, फिर तुम्हारे पास प्रलोभन भेजे जाते हैं और वह प्रलोभन तरह-तरह के

होते हैं जैसे तुम्हें कोई लाभ करा देना उसी क्षण, या फिर किसी के मुख से तुम्हारी प्रशंसा कराना, अगर तब भी तुम्हारा मूड चेंज नहीं होगा, तो और भी बहुत तरह-तरह के प्रलोभन तुम्हें दिए जाएंगे जैसे-तैसे कैसे-कैसे भी इंतजाम करके तुम्हें उसी क्षण दुख की घटना से हटाकर वैराग्य से हटाकर तुम्हें संसार में फिर से डाल दिया जाएगा।

और फिर तुम उलझ जाओगे कुछ क्षण के लिए वैराग्य आया, तुम आनंद से भर गए तुमने आनंद स्वरूप परमात्मा के दर्शन करें उसके द्वार पर खड़े ही थे लेकिन प्रलोभन से तुम्हें फिर से प्रलोभन के द्वार पर फेंक दिया गया।

और फिर तुम देखते हो की 5 मिनट पहले जो व्यक्ति किसी से बात करने को राजी नहीं था कुछ करने को राजी नहीं था कहीं जाने को राजी नहीं था किसी के कहने पर कुछ भी क्रिया करने को राजी नहीं था, वही व्यक्ति अब हंस रहा है खेल रहा है अच्छे-अच्छे व्यंजन खा रहा है सबसे बात कर रहा है और जिसके ऊपर सबसे ज्यादा नाराज था उसी से सबसे ज्यादा बातें कर रहा है।

एकदम से अचानक इसे क्या हुआ, यह कौन है, यह बदल कैसे गया, ऐसा क्या हो गया जिसके कारण यह बदल गया और सिर्फ 5 मिनट के अंदर बदल गया।

कहां गया इसका वैराग्य, कहां गया इसका दुख और कहां गई इसकी वह बातें जो कहता था कि अब मैं कुछ नहीं करूंगा अब मैं मर जाऊंगा अब मुझे जाने दो, 5 मिनट के अंदर यह बंदा बदल गया कैसे?

और ऐसा ही बिल्कुल उस खुशी व्यक्ति के साथ होता है। जिसका अभी-अभी 5 मिनट पहले करोड़ का लाभ हुआ

था यह खूब खेल रहा है, जिसके ऊपर नाराज रहता था उससे भी अच्छे से बात कर रहा है और पैसों का दान भी कर रहा है क्योंकि बहुत लाभ हुआ है और बहुत ज्यादा अंदर से खुशी-खुशी महसूस कर रहा है।

अगर यह ज्यादा खुश होगा तब भी उस विराट के दर्शन हो जाएंगे तब फिर से प्रकृति अपना काम करती है, कोई घटना फिर से क्रिएट करी जाती है, अचानक कोई खबर आती है फोन पर कि तुम्हारे घर में किसी का एक्सीडेंट हो गया है, या फिर तुम अपनी कार में जा रहे हो तुम्हारी कार किसी से हल्की सी टकरा जाती है किसी बुजुर्ग रिक्शा वाले से या फिर किसी से भी।

कुछ भी हो सकता है या कोई गलत खबर सुना दे या फिर उसकी किसी से बहस हो जाए या कोई आकर उसे गाली दे दे या उसकी शर्ट पर चाय गिर जाए कुछ भी छोटी सी घटना और उसका सारा मुड पल भर में चेंज हो जाता है।

अब अक्सर ऐसे लोगों के मुंह से आपने सुना भी होगा कि सारा मूड खराब कर दिया अच्छे मूड में घर से निकला था अच्छा भला में बहुत खुश था अचानक से इसने ऐसा कर दिया और सारा मूड तहस-नहस कर दिया, आज मेरा पूरा दिन खराब जाएगा।

तो यह दोनों घटनाएं मैंने आपके सामने रखी और यह घटनाएं ऐसे ही नहीं है यह तुम अपने जीवन के दिनचर्या में देख सकते हो प्रतिपल ऐसा होता रहता है। क्योंकि कृष्ण ने कहा था अर्जुन से की तू मुझे वहां देख जहां पर ज्यादा रोशनी है, या फिर तू मुझे वहां भी देख जहां पर ज्यादा अंधकार हैं, क्योंकि मैं प्रकाश का प्रकाश हूं अंधकार का अंधकार हूं मुझसे सूक्ष्म कोई नहीं मुझसे विराट कोई नहीं।

इसका अर्थ है कृष्णा कह रहे हैं परमात्मा हर घटना के आखिरी छोर में तुझे दिखाई देगा। इसलिए कृष्ण ने गीता में सुख और दुख के मध्य में रुकने को कहा। कृष्ण ने अर्जुन को बताया तू सुख और दुख के बीच में रुक कर बस देख, इसलिए तुम्हें यहां पर हर कभी कोई सुखी दिखाई देता है, कभी कोई दुखी दिखाई देता है ऐसा चलता रहता है।

और मजे की बात तो यह है की जब आप सुख और दुख की घटनाओं को सिर्फ देखने के भांति देखेंगे। जैसे सुख आया आपने भली प्रकार से देखा कि यह तो निश्चित तौर पर जाएगा ही जाएगा इसलिए मैं इसमें उलझूंगा नहीं, लेकिन हां इसका आनंद ले लेता हूं लेकिन जब यह चला जाएगा तो दुखी नहीं होना।

और जैसे ही कोई दुख आ जाए तो उसको भी अच्छे से देख लेना उस पर थोड़ा सा विचार डाल देना कि यह भी चला जाएगा इसका तो मुझसे कोई लेना-देना है ही नहीं, क्योंकि कुछ क्रिया करने मेरे कर्म के आधार पर आया है जो कि कुछ ही समय में चला जाएगा।

इस प्रकार अगर आप दोनों सुख और दुख को देखे चले जाएंगे तो अंदर एक मजे की घटना घटेगी। आप अंदर ही अंदर पुलकित पुलकित हो जाएंगे हंसने लगेंगे और बस अंदर हंसते-हंसते संसार को देखेंगे। चाहे सुख आए या दुख आए आप बीच में रह जाएंगे और मस्ती से अपने जीवन को जी सकेंगे।

इसलिए आम खट्टे हैं इसका मालूम पड़ ही जाता है तो अपने से आम हमारे स्वाद अनुसार हो जाता है, मैं यह नहीं कह रहा हूं कि मीठा हो जाता है या फिर खट्टा हो जाता है नहीं तुम्हारे स्वाद अनुसार हो जाता है, ये बहुत मजे की बात

है। विषय को यहीं समाप्त करते हैं, आपने मेरी बात पूरी सुनी इसके लिए बहुत-बहुत धन्यवाद अगले विषय की चर्चा में मिलते हैं।

।। धन्यवाद ।।

अध्याय 12

शक्ति का उपयोग

****

डायोजनिज से किसी ने पूछा तुम शादी क्यों नही कर लेते हो। वो कहता है में शादी नही कर सकता, पूछने वाले ने कहा की क्यों नही कर सकते, तो डायोजनिज बोला अरे दोनो बीबी एक साथ कैसे रहेगी। पूछने वाला थोड़ा परेशान हुआ ये क्या बोलते हैं आप दोनो बीवी, आपकी शादी हो गई हैं। तो आप ऐसा क्यों कहते हैं, मैं शादी नही कर सकता?

क्योंकि परमात्मा पहली बीवी है और मैंने अपनी सारी शक्ति उसी में लगा दी तो बताओ दूसरी बीवी के लिए कहां से शक्ति लेकर आऊं। जो थी वह सब परमात्मा के लिए लगा दी, डायोजनिज यहां पर यह बताने की कोशिश कर रहा है।

तुम्हारे जीवन में एक ही शक्ति तुम्हें मिलेगी और तुम उसको जहां चाहो वहां लगा सकते हैं, यही शक्ति अगर मन के कार्य के लिए लगा दी तो संसार में उलझाएगी, और यही शक्ति आत्मा की सेवा में लगा दी तो यही परम में लेकर जाएगी।

कुछ लोग इसे अच्छे से उपयोग करना जानते हैं, तो संसार में लगा कर बहुत सा धन इकट्ठा कर लेते हैं कुछ महल भी खड़े कर लेते हैं।

लेकिन कूड़ा करकट सब इकट्ठा हो गया लेकिन अंत में पाते हैं आत्मा को बेच दिया इसलिए हमें कुछ ऐसा पाना है

जिसके बाद कुछ पाने की इच्छा ना हो, संसार में तो कुछ भी पा लो, कितना भी बड़े से बड़ा धन इकट्ठा कर लो कुछ भी तुम्हें मिल जाए लेकिन कहीं ना कहीं कमी महसूस रहती है, क्योंकि अभी उस शक्ति को वह नहीं मिला जो वह असल में चाहती है।

शक्ति पर ओशो कहते हैं, तुम दुख पर ध्यान देते हो इसलिए तुम्हारे जीवन में दुख भरा रहता है, और सुख पर ध्यान दोगे तो सुख रहेगा। जिस भी विचार पर तुमने ध्यान दिया वह विचार उसी क्षण सक्रिय हो जाता है।

जैसे एक छोटी सी कहानी मुझे याद आ रही है उससे समझते हैं, एक बहुत बड़ा फकीर हुआ। वह आज अपने मित्रों से मिलने जा रहा था की तभी उसका बहुत पुराना मित्र उसके द्वार पर दस्तक देता है, फकीर उसको देखकर बोलता है कि भाई तुम अभी, मैं अभी जा ही रहा था अपने ओर मित्र जनों से मिलने।

अच्छा तुम कुछ पल यहां ठहरो, मैं अभी मिलकर आता हूं फिर हम बातें करते हैं, या तुम एक काम करो तुम यहां क्या करोगे तुम मेरे साथ ही चल पड़ो। तो उसने कहा ठीक है, मित्र मैं तुम्हारे साथ चल पड़ूंगा लेकिन मित्र एक समस्या है, मैं इतनी दूर से यात्रा करके आया हूं मेरे कपड़े बहुत खराब हो चुके हैं अब इनको पहनकर मैं जाऊंगा तो मुझे बहुत समस्या होगी मुझे थकान भी होगी इसलिए मित्र मैं यही रुकता हूं।

फकीर ने कहा कि तुम चिंता ना करो मैं बहुत पहले से एक कपड़े संभाल के रखे हैं मुझे किसी सम्राट ने दिए थे

तोहफे में, मैं फकीर आदमी मैंने उसको पहना नहीं, एक काम करो तुम उसे पहन लो।

अब मित्र को कपड़े पहना दिए गए, लेकिन एक समस्या हो गई की अब उसका मित्र तो उसके सामने सम्राट मालूम पड़ रहा लेकिन फकीर बिल्कुल उठाई गिरी लग रहा। आज तक फकीर के पास वह कपड़े रखे थे तो उसको उसका मूल्य नहीं पता चला लेकिन आज वह कपड़े उसके मित्र ने पहन लिए तो उसे बड़ी ग्लानि हुई कि यह मैंने क्या करा, कपड़े मेरे लेकिन सम्राट यह मालूम पड़ रहा है। अब जैसे तैसे अपने मन को समझा रहा अरे इन सब चीजों में क्या रखा है मैं फकीर आदमी मुझे कहां कपड़ों से कुछ लेना-देना है, लेकिन फकीर ने अपने मन के सूक्ष्म स्तर में यह विचार पहले ही डाल दिया की कपड़े मेरे सम्राट यह मालूम पड़ रहा है।

अब मित्र के सामने तो फकीर कुछ बोल नहीं सकता लेकिन अंदर तो उसके वही सब चल रहा है। तो अब दोनों चल पड़े फकीर के मित्रों को मिलने, तो पहले मित्र के घर पहुंचे लेकिन फकीर का सारा ध्यान उसके कपड़ों पर उसके सारे विचार उसके मन में कपड़ों को लेकर ही चल रहे थे अब वह क्या मिले मित्रों से, मन में बहुत चले जा रहा "कपड़े मेरे सम्राट यह मालूम पड़ रहा है"।

तो मित्र के घर पहुंचे अपने साथ वाले मित्र का परिचय फकीर देने लगा यह मेरा मित्र है बहुत दूर से आया है मुझसे मिलने बहुत ही अच्छा है अचानक जो उसके मन में था एकदम बाहर प्रकट हुआ बाकी सब ठीक है बस ये कपड़े मेरे हैं, अब सब चौके कपड़े मेरे हैं यह कैसा परिचय हुआ मित्र भी घबराया यह क्या करा इसने, यह कैसा परिचय

दिया, फिर फकीर को होश आया यह मैंने क्या बोल दिया, बाहर गए अपने मित्र से क्षमा मांगी भाई मुझे क्षमा करो ना जाने क्या हो गया मेरी जवान फिसल गई मुझे क्षमा करो अगली बार में पक्का ध्यान रखूंगा। पक्का नहीं बोलूंगा।

अगले मित्र के यहां पहुंचे तो फिर फकीर उसका परिचय देने लगा कि यह बहुत अच्छा है बड़ी दूर से आया है, बहुत रोका मन को बहुत अंदर से रोकने की कोशिश करी, रोकने के सारे उपाय करें पर अचानक फिर निकला की, बहुत अच्छे हैं और अब मैं यह नहीं बोलूंगा कि यह कपड़े मेरे नहीं हैं, सब हैरान हुए कपड़े मेरे नहीं है यह क्या मतलब हुआ यह कैसा परिचय हुआ। अब ऐसा कोई सुनेगा तो सबको यकीन हो ही जाएगा कि कुछ तो झोल है कपड़ों में, फिर बहुत क्षमा मांगी मित्र से भाई अबकी बार तू एक मौका दे अब मैं बिल्कुल भी नहीं बोलूंगा कसम खाता हूं।

ध्यान रखना इस पर ओशो कहते हैं, कसम खाने वालों से सावधान रहना यह बहुत जल्दी मुकर जाते हैं, क्योंकि कुछ नहीं करने की कसम इसलिए ही खाई जाती है कि उसको ही करने का मन है, क्योंकि कसम उसने बाहर खाई है लेकिन विचार अंदर है वह किसी और के हाथ में है, वह उससे बहुत बड़ा है सम्राट बैठा हुआ है उससे वह कहां लड़ सकता है।

कसम चेतन मन से खाई गई है लेकिन अचेतन के नो हिस्से अभी बाकी है, कसम दिमाग के अगर दसवें हिस्से में खाई गई हैं तो नो हिस्से अभी बाकी है जो उसके विपरीत दिशा में चलते हैं, और कोई भी दसों हिस्सों से कसम नहीं खा सकता जो खा सकता है वह कोई करोड़ों में बिरला ही

होता है जो इस अवस्था को उपलब्ध होता है कि अपनी संकल्प शक्ति को उच्चतम लेवल पर लेकर जा सकें।

तो जैसे तैसे अपने मित्र को मना कर तीसरे मित्र के पास मिलने पहुंचे, बैठे बातचीत करने लगे वह परिचय फिर से देने लगा अब उसका मित्र बड़ा घबराया हुआ कहीं यह फिर से कुछ निकाल न दे, फकीर ने परिचय देना शुरू करा कि यह मेरा मित्र है बहुत दूर से आया है बहुत ही अच्छा है और जी इससे क्या फर्क पड़ता है कि कपड़े किसी के भी हो, मुझे इससे फर्क नहीं पड़ता है कि यह कपड़े मेरे हैं या फिर इसके, फिर सब चौंक के खड़े हो गए, मित्र वहां से भागा घबराए घबराए कपड़े उतार फेंक वहां से दूर भाग गया।

ऐसा 99% मैं यूं कहूं कि 100% (कुछ पॉइंट हिस्सा छोड़कर) पृथ्वी पर सब के साथ ऐसा ही हो रहा है, क्योंकि हम अभी ईश्वरीय शक्ति को जान ही नहीं पाए हैं, कि वह काम कैसे कर रही है इसलिए हम शक्ति का विपरीत उपयोग किए चले जा रहे हैं और शक्ति का गलत उपयोग के कारण हम अपना पतन कर रहे हैं और ग्लानि का पात्र बनते हैं।

कृष्ण ने गीता में तीन शक्तियों का वर्णन करा है, उसको थोड़ा ठीक से समझ लेना क्योंकि उसमें पूरा ब्रह्मांड समाया हुआ है पूरी प्रकृति समाई हुई है उसी से प्रकृति की रचना हो रही है, उसी से विनाश हो रहा है, उसी से सारी लीलाएं हो रही है, उसी से आविष्कार हो रहे हैं, उसी से पतन हो रहा है। कृष्णा ने " रजो, तमो, सत्व " यह तीन शक्तियों को बताया हैं।

जो भोक्ता है माया की चीजों में रस लेता है उसी को सत्य समझ कर उसी में लीन रहता है, वह रजोगुणी स्वरूप में स्थित हो जाता है। जिसकी गति ठीक नहीं होती, और जो प्रकृति की चीजों को हानि पहुंचता है, प्रकृति के कानून से विपरीत चलता है। हानि पहुंचाने का अर्थ है दूसरों को हानि पहुंचाएं या फिर अपने को हानि पहुंचाए हानि, हानि ही है। अगर कोई उपवास कर रहा है तो वह अपने को भूखा रख रहा है, दूसरों को भूखा मरने वाले को हम पाप कहते हैं लेकिन अपने को भूखा मारना भी पाप है।

कबीर कहते हैं कि जो मैंने खाया वह प्रभु को भोग लगा, जो मैं चलता फिरता हूं वह प्रभु की यात्रा हुई। अगर आप इसके विपरीत चलें अपने को भूखा रखेंगे तो वह भी तो हानि ही हुई, तो वह तमो के गुण में स्थित हो जाता है।

जो दोनों के बीच में बैलेंस बना लेता है ना भोक्ता है ना भागता है, तो वह सत्व में प्रवेश करता है, और सत्व में प्रवेश करते ही उसको साधु का पद मिल जाता है जो सात्विक है वह साधु है सिंपल। और जो तीनों में बैलेंस बना लेता है की जो मिला खा लिया जैसी स्थिति आई उसमें ढल गया, एकदम कागज की तरह हल्का होकर अपने स्वरूप में स्थिर रहता है, वह संत की उपलब्धि पाता है। फिर वह परमात्मा स्वरुप हो जाता है क्योंकि वह प्रकृति के गुणों से परे हो गया।

इन तीन शक्तियों को अच्छे से अध्ययन करना इसको समझना इसका अनुभव करना जब यह तीनों शक्तियां आपके अनुभव में आने लगेगी तो सारी समस्याएं धीरे-धीरे गिरने लगेंगी, फिर कोई भी प्रश्न शेष नहीं रहेगा।

फिर तुम ऐसा नहीं पूछा करोगे, कि मैं तो सबके साथ सही कर रहा हूं तो मेरे साथ गलत क्यों हो रहा है, या फिर धरती पर बाढ़ क्यों आ रही है, तूफान क्यों आ रहे हैं, आंधी क्यों चल रही है, लोगों के तूफान से घर क्यों उजड़ जाते हैं, खेतों में फसल खराब क्यों हो जाती है, यह सारी चीजे सारे प्रश्न आपके तुरंत गिर जाएंगे जब आप इन तीनों शक्तियों का अनुभव करने लगेंगे।

क्योंकि यहां पर विपरीत होना बहुत जरूरी है अगर कुछ चीज ऊपर फेकी जाए और अगर वह नीचे ना गिरे तो बड़ी समस्या खड़ी हो जाएगी। उसको नीचे गिरना ही होगा, अब क्यों गिरना होगा यह सवाल नहीं है क्योंकि धरती में गुरुत्वाकर्षण को लगाया ही इसलिए गया है ताकि यहां पर सब कुछ बैलेंस रहे, तो ऐसे ही यह एक उदाहरण है। बहुत सारी चीज हैं जो सही हो रही है उसको ध्यान पूर्वक देखोगे तो वह तुम्हें गलत लगेगी ही नहीं।

विचारों में ताकत होती है, यही जिस दिन अनुभव में आने लगे तो अपने विचारों को शुद्ध करने की प्रक्रिया में लग जाना। थोड़ा ध्यान में उतरना ध्यान से तुम्हारे विचार गिरने लगेंगे जो सही होंगे वह सही समय पर आ जाएंगे, अन्यथा जो उल्टे सीधे भद्दे विचार आते रहते हैं दिनचर्या में पूरे दिन नई-नई कहानियां जो यह मन बनाता रहता है, गलत गलत विचार उत्पन्न करता रहता है वह सारे ध्यान से गिर जाएंगे।

तो ध्यान कि मैं कोई विधि नहीं बताऊंगा क्योंकि ध्यान की विधि प्राचीन काल से बहुत सारी बता दी गई हैं। लेकिन बुद्ध एक विधि बताते थे। वैसे वह कोई विधि नहीं है एकदम साधारण क्रिया है जिसे आप करते हैं तो ध्यान को उपलब्ध हो जाएंगे।

बुद्ध के पास अक्सर लोग आकर कहते थे कि हमें जाप करने के लिए कोई मंत्र दे दो ताकि हम उसका जाप कर सके। तो बुद्ध उनको एक ही चीज कहते थे, कि मैं तुम्हें कोई मंत्र नहीं दूंगा परमात्मा ने तुम्हें मंत्र पहले से ही देकर भेजा है बस उसका स्मरण मैं तुम्हें करा देता हूं उसको ही तुम ध्यान पूर्वक देखना। s

तो बुद्ध कुछ ऐसा कहते थे कि तुम्हारे अंदर जो सांसे चल रही हैं बस उसको देखो एक जगह बैठ जाओ जो भी विचार आ रहा है उसको आने दो उसको अपना काम करने दो बस तुम अपनी सांसों में स्थिर रहो। बाहर जाती सांस अंदर जाती सांस इसको देखते रहो देखते रहो, इसको देखते-देखते तुम पाओगे कि तुम अलग हो गए सांस अलग हो गई और जो विचार आ रहे हैं वह एकदम साफ अलग से आते हुए दिखाई पड़ जाएंगे।

और जब विचार अलग से कहीं लेयर से आते दिखाई पड़ जाए तो तुम उसको पकड़ सकते हो और पकड़ कर डिलीट कर सकते हो फिर वह तुम्हारे हाथ में आ जाएंगे। तो यह साधारण सी क्रिया है सांसों को देखो बस इससे तुम्हारे विचार काबू में आने लगेंगे। इस चर्चा में इतना ही, आपने मुझे सुनाआपका शुक्रिया।

।। धन्यवाद ।।

अध्याय 13

खुद के ड्राइवर बने

****

एक छोटी सी कहानी मैंने सुनी उसके माध्यम से मैं विषय को समझाना चाहूंगा। एक मेक बहुत बड़े बिजनेसमैन अपनी लग्जरी कार में सफर करते हुए कहीं जा रहे थे, अचानक उनको अपनी कार चलाने का मन हुआ, तो उन्होंने अपने ड्राइवर से कहा कि तुम सुनो तुम पीछे आओ मैं गाड़ी चलाऊंगा, अब गाड़ी का हैंडल मेक के हाथ में है, अब उनका ड्राइवर लग्जरी कार के पीछे बैठकर आनंद ले रहा है।

तभी मेक गाड़ी को इतनी स्पीड से चलाते हैं की स्पीड का पता ही नहीं चलता और स्पीड 200 पार हो जाती है।

पश्चिम की पुलिस स्पीड में कार चलाने वालों पर बहुत अच्छे से नजर रखने में माहिर है, तो मेक ने देखा की एक रेड बत्ती की गाड़ी हमारे पीछे लग गई है, तो ड्राइवर ने बोला साहब ओवर स्पीड का कानून आपसे ब्रेक हुआ है इस कारण पुलिस हमारा पीछा कर रही है।

मेक ने गाड़ी को साइड में लगाया पुलिस वाला अपनी गाड़ी से उतर कर मेक की गाड़ी के पास आया, गाड़ी का शीशा नीचे करवाया पुलिस वाला मेक को देखकर चौका उसने अपने बड़े साहब पर कॉल लगाई

और कहा साहब आज बहुत बड़ी मुर्गी जाल में फसी है, पुलिस वाले के बड़े साहब ने कहा कौन है वारेन बुफेट है, उसने कहा नहीं साहब इससे भी बड़ा, साहब ने कहा क्या बिलगेट्स है, उसने कहा नहीं साहब इससे भी बड़ा फिर कहां क्या राष्ट्रपति है, अरे नहीं साहब इससे भी बड़ा, साहब ने कहा क्या तू पागल होता है राष्ट्रपति से बड़ा कौन होगा, पुलिस वाले ने कहा पता नहीं सर कौन है, लेकिन उसने मेक को अपना ड्राइवर रख रखा है।

बस इसी तरह की भूल हम सब कर रहे हैं हमें पता ही नहीं है कि ड्राइवर कौन है। मैं बात कर रहा हूं हमारे जीवन की हमारे जीवन की दिनचर्या की हमारा बिताया हुआ प्रत्येक घंटा प्रत्येक मिनट प्रत्येक सेकंड यहां तक की तुम्हारा उंगली हिलाना भी तुम तय नहीं कर रहे हो, वह तय हो रहा है। हमारे जीवन में हमारे शरीर में जो हमें ऊर्जा दी गई है।

उस पर भारत के फेमस जग्गी वासुदेव नमक सद्गुरु कहते हैं कि हमारे शरीर में जो ऊर्जा है उस पर हमारे कर्म की छाप रहती है, और वह कर्म की छाप अभी की नहीं जीवन जीवन की रहती है जितने भी जीवन हमने जिए उसमें से कहीं ना कहीं कुछ ना कुछ बचा ही रहता है कर्म कभी खत्म होता ही नहीं है हम मर जाते हैं लेकिन कर्म कभी खत्म नहीं होता क्योंकि जन्म बहुत बार हो चुका है हम गिनती नहीं कर सकते इतनी बार हो चुका है, और इसको नष्ट करना असंभव मालूम पड़ता है।

लेकिन असंभव है नहीं, वह कहते हैं कि हमारे दिनचर्या में हम जो भी निर्णय ले रहे हैं उसमें कहीं ना कहीं हमारे कर्म की छाप के द्वारा हम निर्णय ले रहे हैं।

यहां तक कि हम किसी सभा में जाते हैं वहां पर बहुत सी सीटों का इंतजाम किया होता है, हमने अगर जिस सीट पर बैठने का निर्णय लिया उसमें भी कर्म की छाप होती है, और अधिकतर अगर सभा 7 दिन चलनी है, और तुम रोज वहां पर आओगे तो अधिकतर 99% ऐसा ही होगा कि तुम उस सीट पर दोबारा बैठोगे जिस पर तुम कल बैठे थे, और अगर उस सीट पर कोई और बैठा हुआ मिल गया तो तुम्हारा मन बड़ा उदास हो जाएगा क्योंकि तुम्हें बैठना वही था पूरी कोशिश यही रहेगी कि तुम वहीं बैठोगे। लेकिन जिस दिन तुम ड्राइवर बन जाओगे अपनी गाड़ी के उस दिन तुम्हारा कर्म खत्म हो जाएगा जो मन के रूप में आकर तुम्हारी दिनचर्या को निर्धारित कर रहा है।

इसलिए चैतन्य पर बहुत जोर दिया गया है जो पूरे चैतन्य में जीता है पूरे होश पूर्वक जीता है, और अपने चैतन्य को आनंद के उस स्वरूप में ले जाता है जिस स्वरुप में परमात्मा वास करता है तो वहां पर कर्म की छाप नहीं पहुंच सकती। और अपने होश को कैसे जगाए इसके ऊपर हम पहले बात कर चुके हैं आप उनको दोबारा अध्ययन कर सकते हैं मैं तो यह कहूंगा कि आप इस पुस्तक को बार-बार पढ़ें जिससे आपको ज्ञात हो जाए कि आपको करना क्या है।

अभी हम जो दिनचर्या जी रहे हैं, उसमें हमारे 24 घंटे में से 23 घंटे 59 मिनट हम अपनी आदत से जीते हैं, सब कुछ अपने से चल रहा है जैसा कल किया था वैसा ही अब करना है और कुछ उसमें से नहीं करा तो तुम बड़े पागल होते दिखाई पडोगे, अगर इस चीज का अनुभव करना है, तो कल तुम ब्रश नहीं करना, तुम्हारा मन बड़ा बेचैन हो जाएगा तुम्हें लगेगा तुम्हारा मूंह पूरा खराब हो गया है बास मार रहा

है आज कुछ-कुछ शरीर में घटा कुछ-कुछ कमी महसूस होगी।

अपनी आदतों पर पकड़ बनाने के लिए थोड़ा विचारों से छूटने के लिए, या फिर अपने पिछले कर्म जो आपने करे हैं उनको जानने के लिए, या फिर उनको खत्म करने के लिए, खत्म तो बिल्कुल नहीं होंगे लेकिन वह तुम्हारे ऊपर राज ना करें उसके लिए, अपने होश पूर्वक जीने के लिए, बोध को जगाने के लिए, आप छोटी सी प्रक्रिया कर सकते हैं इसको शुरुआत कह सकते हैं यह छोटी सी विधि है इसको करके देख लेना, यह विधि सद्गुरु द्वारा ही बताई गई थी तो इसको थोड़ा समझाना।

जो आपकी सबसे मनपसंद चीज हो उसको थोड़ा रुक कर ग्रहण करना। अगर आपका कोई मनपसंद भोजन है, या आपको किसी प्रियजन से मिलना पसंद है, या आपको कहीं घूमने जाना पसंद है, या फिर कोई संगीत जो आपको बहुत पसंद है, इन सारी गतिविधियों के साथ कुछ ऐसा करना।

जैसे आपका मनपसंद भोजन आपके पास रखा है आप उसका एक निवाला बनाएं और उसको 2 मिनट रुक कर खाएं मन थोड़ा बेचैन होगा जल्दी से ग्रहण करने के लिए लेकिन 2 मिनट रुक जाएं, और जैसे आपको किसी प्रियजन से मिलने जाना है और वह मान लो चलो वह आपकी प्रेमिका ही हो वह आपके सामने है लेकिन 2 मिनट रुक जाएं फिर उसके सामने जाकर उससे मिले फिर जो करना है आपको वह आप करें, और जैसे आपको कहीं घूमने जाना है और आप अपने मनपसंद जगह पर पहुंच चुके हैं गाड़ी में 2 मिनट रुक जाएं एकदम से बाहर न जाएं 2 मिनट रुक कर ठहर जाएं फिर आराम से गेट खोले बाहर जाएं, या आपको

जो सबसे मनपसंद संगीत सुनना पसंद है, उसको अपने फोन में सामने ऑडियो में लगा ले लेकिन चालू न करें 2 मिनट रुक कर फिर चालू करें।

यह 2 मिनट धीरे-धीरे धीरे-धीरे 24 मिनट में बदलेंगे और फिर 24 घंटे में बदलेंगे, और धीरे-धीरे आप पाएंगे इन सब चीजों से आपका लगाव हट गया है। इससे आपका आपकी हुई क्रियायो के प्रति होश जागेगा, और आपके होश में किया गया काम या क्रम या कार्य बाद में लिखा नहीं जाता कर्म नहीं बनता।

कर्म होता है आपकी सोई हुई अवस्था में, नींद वाली अवस्था में और अहंकार में आपका कर्म होता है। अहंकार तुम्हारे में शब्द को मजबूत करता है, और तुम्हारा "मैं" शब्द इस चीज को साबित करता है कि "मैं भी कुछ हूं" ।

असल में तुम कुछ नहीं हो जो है वह एक ही है वही हजार टुकड़ों में बट कर अलग-अलग प्रकार की लीलाएं कर रहा है। और हर जगह एक उसी की छवि आप देख पाओ ऐसी अवस्था पाने के लिए आपका होश जगना बहुत अनिवार्य है। नानक की एक ही विधि थी, "सब तेरा" इस विधि ने उन्हें परमात्मा बना दिया।

अभी तुम्हारे दिनचर्या तुम्हारा मन तय करता है, वह मालिक बना बैठा है असल में मलिक तुम हो, वह मालिक अपने आप को इसलिए समझता है क्योंकि करोड़ों साल पहले कभी ना कभी आपने उसको अपनी गाड़ी के पीछे वाली सीट पर बैठा कर मालिक बना दिया था और आप खुद ड्राइवर बनकर आगे वाली सीट पर हैंडल पड़कर गाड़ी चलाने लगे थे, लेकिन यह कुछ समय के लिए हुआ था और

फिर आपको आगे बैठकर आनंद आने लगा जिससे कि अब उसको पीछे बैठकर आनंद आ रहा है मालिक बनकर बैठा है अब वह जैसा कह रहा है आप राइट और लेफ्ट कर रहे हैं। और मजे की बात यह है कि आपको पता ही नहीं है कि आप ड्राइवर की सीट पर बैठे हैं मालिक की सीट पर मन बैठा हुआ है।

लेकिन धीरे-धीरे तुम अपनी आदतों पर नजर रखना शुरू करोगे, और तुम इसकी एक ना सुनोगे। इसके दिए हुए परलोभन में नहीं उलझोगे जब यह तुम्हें प्रलोभन दे तो उसको देखना की परलोभन आ रहा है फिर तुम्हें कुछ प्रक्रिया नहीं करनी है सिर्फ देखना है फिर धीरे-धीरे इसकी पकड़ तुमसे छूट जायेगी,

क्योंकि है तो नौकर ही नौकर कब तक मालिक बनकर बैठा रहेगा कभी ना कभी तो उसको एहसास होगा ही कि वह है तो नौकर ही अभी मालिक है लेकिन असल में मालिक हो तो तुम ही, कभी ना कभी किसी जन्म में तो होश जागेगा ही और गंगा मिलेगी तो आखरी में सागर से ही।

में तेरी गंगा तुजसे मिलने आई हूं,
हर जगह से में निकली
पर सुख कहीं नही पाई हूं,
तुझे छोड़कर में निकली
अब बहुत पछताई हूं,
मालिक गलती को क्षमा कर
अब तेरे दर आई हूं,
में तेरी गंगा तुजसे मिलने आई हूं,
हर जगह आशा रखी

पर हर जगह ठोकर खाई हूं,
मेरा प्रेम तू में तूझसे प्रीत लगाई हूं,
अब नही लेना जन्म
अब तेरे हृदय मे आई हूं,
में तेरी गंगा तुजसे मिलने आई हूं।।।

असल में हम उसके ही हैं जितना भी भटक जाए जितने भी उपाय कर लें कितना भी ब्रह्मांड में कहीं भी घूम लें लेकिन आखिर में मिलेंगे उससे ही, उसकी याद बनी रहे। यह पुस्तक बस इसी उद्देश्य के साथ लिखी गई है कि आपको परमात्मा की याद दिलाई जाए जो गंगा भटक गई है उसको सागर की याद दिलाई जाए उसको बताया जाए कि तेरा सागर से मिलना अभी बाकी है, तुझे जाना सागर के पास ही है।

इस पुस्तक में असल में परमात्मा की मर्जी में कैसे जिया जाए और परमात्मा की मौज में मौज लेते रहे जीवन में आनंद के साथ जिए यह सब हमने इसमें जाना आप लोगों के सामने अपनी बातों को रख कर हृदय प्रसन्न हुआ आशा है आपको अच्छा तो लगा ही होगा।

आप हमसे संपर्क कर सकते हैं जो भी आपको अच्छा लगा वह आप हमें बता सकते हैं जो भी आपके जीवन में बदलाव आए वह आप हमें बता सकते हैं। फिर से आपका हृदय से बहुत-बहुत धन्यवाद आपका जीवन मंगल में हो, आपकी यात्रा मंगल में हो और आप सागर से जरूर मिले ऐसी मनोकामनाएं हम करते हैं।

।। धन्यवाद ।।